# 白月光

黄咏梅 著

山西出版传媒集团 ／／／ 北岳文艺出版社

· 太原 ·

**图书在版编目（CIP）数据**

白月光 / 黄咏梅著. -- 太原 ： 北岳文艺出版社，
2025. 4. -- ISBN 978-7-5378-7088-7

Ⅰ. I247.7

中国国家版本馆 CIP 数据核字第 2025RU2362 号

# 白月光
BAI YUEGUANG

黄咏梅 / 著

//

| | |
|---|---|
| **出品人**<br>董利斌 | 出版发行：山西出版传媒集团·北岳文艺出版社 |
| | 地址：山西省太原市并州南路 57 号 |
| **选题策划**<br>左树涛 | 邮编：030012 |
| | 电话：0351-5628696（发行部）  0351-5628688（总编室） |
| | 传真：0351-5628680 |
| **责任编辑**<br>左树涛 | 经销商：新华书店 |
| | 印刷装订：山西万佳印业有限公司 |
| **装帧设计**<br>FAJUN WONDERLAND<br>QQ:282159B445 | 成品尺寸：143 mm×210 mm |
| | 字　数：173 千 |
| | 印　张：6.75 |
| **印装监制**<br>郭　勇 | 版　次：2025 年 4 月第 1 版 |
| | 印　次：2025 年 4 月山西第 1 次印刷 |
| | 书　号：ISBN 978-7-5378-7088-7 |
| | 定　价：69.80 元 |

# 目 录

昙花现 |

阳台那里有一个区域，信号一定会不稳定。有可能是那根粗大的廊柱，挡住了网络通行。这是父亲的判断。不过语音竟然不受影响。从疫情开始到现在，两年不能回家，视频通话变成我的必修课。做惯家务的母亲动手能力强，加上比父亲年轻几岁，她操作手机更流畅，提及家里每个角落、每件物事，她都能准确移动镜头让我看见。她每次非要炫耀她种的花，一说起，就动身晃去阳台，手机扫向凌空加盖的那排花架子，月季、海棠、石斛兰、绣球花……运气好的时候，镜头会定格在一朵绛色的月季花上，背景是河对岸绿茵茵的榜山，看着像一幅画。但画面大概率会停留在她脸上某个松垮垮的局部，或者一排锈迹狰狞的铁栏杆上。

　　"妈，别往阳台走。"我对着手机大声喊，像来不及阻止一个人踏进路边的水洼，眼睁睁看她麻利地拉开那扇镶嵌着隔音玻璃的移门，又迅速关上。

　　这一次，镜头刚好停在晾衣竿一端挂下来的几只年代久远的竹篮上。闭着眼睛，我都能认出那里用牛皮纸包着的草药，凤尾王、一点红、百花草、蒲公英、车前草……

　　"林姨妈走了。"母亲的声音从几只满当当的竹篮里跑出来，跑到一千多公里以外我的手机上。

　　"我知道，妈你说过了，是在养老院。"

频繁视频，我们已经没有什么话题可聊，不像真的坐在一起，围着功夫茶盘，东扯西扯，就连微微感受到空气中湿度加重了，我们都可以一起抱怨今年的"黄瓜季"过于漫长，导致人酸软无力，然后顺着这个话题交流祛湿养生的做法。我们相聚的时间多半都是这么度过的。屏幕画面有限，一周或两周甚至更早以前说过的话，又经常被当作新的事情被母亲说一遍两遍，倾听很考验我。要是有耐心的话，我会装作第一次听，中间还提些已经知道答案的问题，但多半我会像现在这样，简单总结试图阻止她主题不集中的絮叨。

"嗯。她好像知道自己要走，给我打电话说，阿莲，我要回家了。我问她是不是小坚要来接她回家。她没说是，也没说不是，又重复两句'我要回家了'。之后电话就断了，不像是挂断的。养老院那里信号总是不好。"

第一次讲这些的时候，母亲尽力克制，哽咽得像个孩子。我比她更早流下了眼泪。母亲自责在电话断掉以后没回拨过去。她反复强调自己以为林姨妈说的回家，是指小坚来接她回家过中秋，就想着等过两天，中秋节再给她打电话。毕竟她接电话的时候，锅里正处于小火转大火的收汁阶段，她怕搞焦了那副花一下午工夫卤起来的猪肚。她们之间从来没有什么要紧的事情要急着打电话，几十年都没发生什么要紧的事。母亲责怪自己现在很没用，已经不能同时做两件事。

"我哪里知道，她说回家，其实是走。"母亲说得平静。我也静静在听，眼睛盯着屏幕，希望信号如同福至心灵，会跳出母亲的脸。可那几只静止的篮子一动不动。

"妈，翻篇吧，不要再去想这些负能量的事。"

不记得从什么时候开始，父亲将一些不好的消息统统称为"负能量"，要求我们的通话避开负能量，恨不得在耳朵外竖起一根粗粗的廊柱。对七八十岁的老人来说，不好的消息无非就是生病和死亡。这些年，陆陆续续从他们那里听到的负能量，多数来自他们认识或者知道的远远近近的人。与其说害怕这些负能量会影响血压、脉搏的数值，不如说是害怕负能量的残酷本身。中年以后，我也不知不觉害怕残忍的事情，在手机上看网剧，遇到诛心的情节，会不由自主地拉进度条跳过。

"嗯，你爸在书房。"我忽然意识到母亲跑到阳台的廊柱后边，不是为了重复讲林姨妈的去世，心被一下子揪了起来。说到底，害怕听到他人的负能量，不就是害怕负能量最终降临我们身上？我担心那里微弱的信号支撑不了母亲的吞吞吐吐。好在，那几个篮子虽然纹丝不动，但母亲的声音还很连贯，除了一些地方是因为她本人的停顿。

母亲是求我做件事，找一找钟俊仁，如果他还在的话，告诉他："林姨妈回家了……但是要让他明白，她是走了，时间是2021年9月16日，酉时。"


我的几个姨妈当中，林姨妈最好看。母亲一直是承认的。她们当年一起从农村被招到文工团，到各个区县演样板戏。不是科班出身，但都在十七八岁的年龄，学东西也快。林姨妈必然是主角。《红灯记》里，她是铁梅，母亲是慧莲，而徐姨妈和王姨妈因为骨架宽大、肉多，显老，往往只能轮流化装演李奶奶。《红色娘子军》里，林姨妈是吴琼花，她的腿又长又直，"向前进，向前进，战士的责任重，妇女的冤仇深"，她稳立舞台中央，腿绷直抬高，一点不影响脸上昂扬的表情；母亲她们几个则站边边，矮下去半截，腿潦草上踢。林姨妈身材比例好，腰短、腿长、脖子细，穿肥大无形的土布衫都好看，又有一张小鹅蛋脸，化装最省心。母亲说，她最费事的是眉毛——样板戏要求一字粗眉。林姨妈的柳叶眉是她的苦恼。我看过林姨妈演戏的照片，只觉得她五官精致，哪里都好看，唯独那道粗黑的眉毛突兀，好在底下有一双明眸救场。在她们几个人的生活合影照中，即使不站在 C 位，我也能一眼确认林姨妈的主角相。我母亲仅有过一次主角时刻。因为长得的确蛮像陶玉玲，她在《霓虹灯下的哨兵》里捞到了演春妮的机会。

主角往往会遭到嫉妒的，但林姨妈和配角们玩得很好，她们的友谊跨越半个世纪。文工团解散之后，她们得到了样板戏的回馈——安排进城里工作。林姨妈在棉纺厂，徐姨妈在印刷厂，王姨妈在工人医院，而母亲因为早在进城前嫁给了父亲，作为家属被安排到了政府后勤处。四个人按着时间给出的剧本，各自演着人生这出大戏：结婚生子，工作至退休，继而含饴弄孙。那些样板戏的岁月，仅作为几张黑白照片存放在各家的相册或抽屉里。父亲书桌的玻璃板下，压着母亲演春妮的一张后期放大处理过的黑白照片，不过已经不完整——围巾、额头、脸颊、脖子以及斜襟扣子系得紧紧的胸部，这些地方都被我和弟弟的彩色照片盖住了。我们那些彩色照片，又陆续被他们两个孙儿的搞怪大头贴盖住了大半。

林姨妈跟我母亲最亲密，她是我家的常客。她挨着母亲窃窃私语的样子，倒像她是母亲的妹妹，实际上她比母亲大一岁。奇怪的是，我并没有遗传到母亲对林姨妈的亲密。整个童年，我最怕见到她——她的到来必然伴随一个热烈的见面礼。这种热烈不见得是有多喜欢我，而是进他人家门那一刻的开心。她抓住我，像啃苹果一样，口水印在我胖嘟嘟的脸颊上，接着又从正面乱亲一气。我肯定是挣扎躲避过的，但这讨厌的见面礼几乎伴随我整个童年。等我长到有足够的力气，能让她感到我的挣扎是认真而不是出于小孩子的忸怩，她才停止这样做。有一次，林姨妈开玩笑问我，妹妹，分了新班级，同桌男同学好不好看？我大方地点点头。又问，有多好看啊？我恶作剧地大声喊，像钟俊仁那么好看。那时，我已经不止一次从母亲与林姨妈的窃窃私语中听到过这句话。林姨妈用手把整张脸捂起来，手心里传出一阵咯咯的笑声，像是在害羞。笑过之后，忽然将我一把拉到她的腿边，不顾我的挣扎，对我一阵乱亲。她亲得很用力，好像怀着某种善意的报复，又好像在我脸上撒娇，嘴里咬牙切齿般喊出钟俊仁这个名字。

"妈，林姨妈嘴巴好臭。"我终于确认我的不适来自那些口水的臭味。我小时候有一些奇怪的逻辑，比方说，看到满脸皱纹的老人，我会悄悄对母亲说，这个老爷爷好痛诶。同样，林姨妈的口臭让我认定她总是不开心，甚至觉得她身体里藏有什么东西在腐烂。

"你林姨妈白长了一张好脸壳。"母亲认为林姨妈不经营自己，更不经营家庭。样板戏主角在台上演着别人的人生，催人振奋，台下却一塌糊涂。但这反倒使林姨妈和母亲她们之间构成了一种平衡，她们和谐安好一辈子。她们时常聚会，各自牵着两个或三个孩子，呼呼喝喝，鸡飞狗跳。只有林姨妈单丁独户，偏坐一侧，瘦瘦的两腿间夹着一个同样瘦瘦的小萝卜头。小坚向来不合群，融入不了我们这些时而合作时而互相抢地盘的孩子们中间。他咯嘣咯嘣咬完一块水果硬糖，就开始闹着要回家找爸爸，直到嘴里被塞进一块新的水果硬糖才消停。多塞两次，他不干了，脸埋在林姨妈腿上故意使自己憋气，两只手在林姨妈身上抓来挠去。林姨妈一点办法都没有，只得草草收兵回家。她们说，小坚好像不是林姨妈生的一样，养不熟，也治不住。林姨妈根本没有心思研究对付小坚的办法，同样，她也没心思研究跟林姨父家和万事兴的秘诀。那个沉默寡言的林姨父，一辈子在生产资料局工作，凭票购物的时候有过点小权力。我们家第一台黑白电视机，就是托林姨父拿到票买的。新旧世纪交替之际，单位转企，毫无斗志的林姨父干脆提前退休回家。林姨父总是一个人到河边小公园看人下象棋，有时按捺不住低声发几句议论。像小坚一样，林姨父也没能融入棋局作为对弈的任何一方。他和林姨妈各玩各的，直到最终先于林姨妈独自走上黄泉路。

20 世纪 70 年代初，"独生子女"这个词还没有被造出来。只有一个孩子的家庭，时常被人暗戳戳地揣测问题出在男方还是女方身上。林姨妈生下小坚，刚出月子，就跑去工人医院找王姨妈，瞒着林姨父做了结扎。我母亲知道这事后，把王姨妈大骂一通。王姨妈说，你来拦拦看？林莉这个颠婆，死都解不开那个结，她一遍又一遍搬出钟俊仁来说，你叫我怎么劝？母亲一听，怒火顿时熄成叹气。

那只节育环早早地在林姨妈子宫深处套上了一个结，就好比现在一个已婚人士把一枚戒指套在了无名指上。只不过，这种宣誓的形式不是出于爱，而是——拒绝。因为身体里的这枚"戒指"，林姨妈跟林姨父的关系变得很糟糕。有段时间，林姨妈像是把家当成旅舍，一到晚上就爱跑我们家，有时给我妈的家务搭把手，更多会坐在窗下一张板凳上，默默地织毛衣。母亲没工夫理她，父亲在书房写领导发言稿，我和弟弟趴在桌子上写作业，差点忘记了屋子里还有个林姨妈。到我们准备刷牙洗脸睡觉了，她才理平针脚，毛线团一卷，小篮子一装，塞到板凳底下，伸个懒腰，好像刚结束夜班收工。隔天，她又来我家上"夜班"。

中秋节晚上，林姨妈也照样来。月亮还没升起，她就拎着用油纸包的四个大月饼和一网兜柚子，直接爬到天台等我们。那时，我们住在宿舍楼最顶层。我家门口往上还有一截楼梯，尽头是一扇虚掩的小木门，从小木门走出去是个公共的天台。除了邻居偶尔趁天好上来晒晒被子，这里几乎属于我们家自用。母亲施展农民出身的本领，在天台四周用大大小小的花盆种满了蔬菜，中央搭起一个高高的瓜架，丝瓜、苦瓜、葫芦瓜、葡萄……藤蔓四处攀爬，绿叶密密麻麻隔出来一个小天地。父亲从家里牵出根电线，在瓜架上吊两个小灯泡，这里就变成了一个小茶室。天气好的时候，我们在地上铺席子，放张小茶几，坐到这个小天地里喝喝茶、嗑嗑瓜子、望望天。逢着节假日，父亲有空，检查我和弟弟背诵唐诗宋词，也在这里进行。"谁知林栖者，闻风坐相悦。草木有本心，何求美人折？"父亲最欣赏这几句，摇头晃脑单拣出来背。这时，母亲是插不上嘴的，她只会简单的"鹅鹅鹅"。

母亲指着夜空中那三颗等距排列的星说，看，扁担星，多平。白毛女逃进深山老林，夜夜望星空，盼救星。林姨妈穿着破衣裳，一头披散的白发，对着夜空苦大仇深地唱。舞台一侧那棵纸皮糊起来的树梢顶端，挂着三颗整齐的红五星。团长在台下一看，蒙了，这一场，八路军还没杀到，哪里来的红五星？仔细又一想，后边出场那些八路军帽子上不是两颗扣子？谢幕之后，团长调查这几颗无中生有的星星，才知道，我那几个没文化的姨妈，为了增加舞台效果，请钟俊仁在部队仓库里翻出些褪色废弃的旧红旗，剪下三颗红星，用毛线整齐串在一起。高高挂着的扁担星陪伴凄苦的白毛女。

样板戏从上边出发到区县，专业性会大大减弱，业余班子业余演出，在故事情节大方向不变的情况下，道具会因地制宜做些微调整，有时细节也会结合当地观众的喜好进行改动。比方说，《沙家浜》的芦苇荡在我们这里变成了一片荷田，《智取威虎山》里座山雕的皮草大衣改成了我们这里有钱人穿的香云纱袄。类似这样的改动很常见，是为了更能引起当地观众的共情。反正这里的观众谁也没有看过正版的演出。但这三颗被姨妈她们发挥出来的扁担星，使团长大发雷霆，责令她们逐个写检讨书。

"这个死馒头，差点要给我们定性为'破坏革命样板戏'。"母亲笑着骂的那个人，我们经常见。中山电影院放映新电影时，等观众都在位置上坐好，我和弟弟到门口跟检票员讲，"馒头让我们来的"。要是还不让进，我们会绕到电影院的侧门，那里有间小屋子，馒头叔叔一准儿在那里面办公。他会赶在剧场熄灯前把我们领进去。在空旷的影院前厅，他挺着圆滚滚的肚子在我们前面小跑，腰上一串钥匙抖擞雀跃，如同我们看"霸王戏"的心情。退休后，姨妈她们经常约他在西江边饮早茶，杯盏一推，几个人打斗地主，轮番赢他的钱。

"妈，八路军帽子没有红五星的啊？"我弟弟那一阵的理想是当解放军。他拿母亲做衣裳余下的布条绑在小腿上，皮带在腰上一捆，深深吸着气，木头枪困难地插进皮带内侧，敬起军礼也是雄赳赳的。

"救白毛女的八路军是没有的。"母亲只记得戏里的服装。

父亲说："八角帽才有红五星，国共合作后，红军改编为八路军，帽子正前方缝两颗扣子，是为了跟国军的帽子区分开来。"

弟弟就吵着母亲给他的帽子缝上两颗扣子。

比起父亲那些"小园香径独徘徊"的诗词，我更爱听母亲讲她们演样板戏的故事，台前和幕后，戏里和戏外。

天台的避雷针塔下，有块小平台，林姨妈在那里扦插种下了两盆昙花。林姨妈不知从哪里听说，昙花好养，又可以入药，煲汤清热解毒。种昙花符合她的日常需求。这两盆昙花也是她经常来我家的一个理由。施肥，修剪枝叶，在林姨妈的精心照料下，它们长得比母亲种的菜还肥壮。每到夏天，叶子边缘会伸出一些长长的花苞。大清早，母亲给她的蔬菜浇水，翻开那些像海带一样肥厚的叶子，找到一朵垂头丧气软塌塌的花，咦，这朵昨晚开过了。好像刚发现昨晚那里发生过一些不为人知的事情。

总会有那么几朵昙花像是被林姨妈施下了魔法，准时在月圆时分开放。我从没见过昙花开放的整个过程，往往只看到，昙花挣脱紫色的衣裳，昂起头，好像下定决心要出来跟我们一起望月。它的嘴巴刚刚张开一个小口，我就呵欠连连。那些发誓要等昙花开的话，就像大人哄孩子入睡前的承诺。迷迷糊糊被父亲从天台抱回床上，第二天醒来记起，跑去看，那几朵昙花又整齐地扣好了紫衣裳，什么事都没发生似的，开花只是做了个梦，跟我一样刚醒过来。不过，它们不再昂起头，泄了气般垂落在叶子下，远远看去就像那里晾着我和弟弟的几双白袜子。

除了林姨妈，我们家没人看见过昙花开到尽头的样子。在我们小时候的那个年代，大家作息都还很"农民"，早睡早起。我们小孩子自然是抵挡不住瞌睡，父母那时候似乎也特别缺觉，绝对不会为一个月亮一朵花熬夜。但林姨妈对熬夜很不以为意，好像在夜晚醒着是她练习出来的一个本领。她独自在天台守一整夜，等昙花开，又像是为了送走天上那轮圆月。南方的中秋夜，暑气仍盛，躺在席子上一夜到天明也不觉得凉。暗夜里，昙花与明月同色，因过于洁白亦有光一样的明亮。

"昨晚，昙花怎么开的呀？"我们问林姨妈。

林姨妈表演给我们看。她将五个手指尖拢在一起，自己制造出某种节奏，一下，一下……直到将手掌张开到最大，每根手指仍保持微微的弯曲。"最大的时候，有我们吃饭的碗那么大。"

很多年以后，我在微信上看到有朋友发夜晚昙花开放的全过程视频，类似于孔雀开屏。在那洁白的花苞里，仿佛含着一股力量，先是挣开了紫红色的棱脊，接着冲破白色花瓣的重重包裹，绽放如同破裂。由于经过剪辑技术处理，五小时的花开过程，被压缩成一分多钟，但不觉得急速，倒使人安静地看到一种时光流淌的节奏。最终，视频定格在花开的极致处，果然"有我们吃饭的碗那么大"。

开过的昙花，林姨妈会将它们剪下，用毛线针在粗茎上穿个小孔，绳子一串，倒挂在晾衣杆上，跟那些她不时从北山上、河滩边、公园里摘来的凤尾王、一点红、车前草、蒲公英、百花草、鸡骨草之类的挂在一起。等到晒干晒透，这些她称为"看门药"的东西，就会被逐样分成几等份，包在一种黄色的牛皮纸里。"看门药"在我家以及每个姨妈家的阳台上都挂着。我结婚后搬到现在住的家，阳台上也同样有，只是，在我的那些牛皮纸上面，母亲生怕我不会分辨，让父亲用钢笔分别写上了：凤尾王2015、一点红 2015、车前草 2018、蒲公英 2019……

这一类常见的野草晒干后变成了"看门药"，它们分别负责一些常见的病症：凤尾王负责小腹坠胀，车前草负责小便不畅，蒲公英负责白带异常，鸡骨草负责口苦口臭……事实上，这些仅仅是林姨妈的常见病症。久病成医，她总觉得大家——主要指女人，都会像她那样，在戴上那枚"戒指"之后，仿佛就携带了终身不愈的妇科病，从小腹到腰到双腿的整个下半身，连绵不绝的酸酸胀胀，描述不准是什么滋味，总之是那种可以忍着不去医院的症状。

记得有一次，我生完孩子回家度产假，林姨妈专门拿一包金婴子来，吩咐母亲用四十度酒加红枣、枸杞浸泡，每天饮半两，专门保养被胎儿伤害过的子宫。初为人母，我仍沉浸在对婴儿奶香芬芳的甜蜜期，听到她用"伤害"二字，心里觉得印证了小时候对她母爱淡薄的判断。不过有一次，我突然感到小腹剧痛，母亲从阳台的篮子里扯了一把凤尾王，煮水，一大碗喝下去，症状竟很快消失。从此对林姨妈那些"看门药"有了些许迷信，虽然极少使用，还是会让它们挂在我家，看门。

我母亲认定，最终是那枚"戒指"要了林姨妈的命。对照自身，母亲甚至认为那"戒指"早已经腐烂在林姨妈的子宫里。五十二岁告别月经那年，母亲在父亲的陪同下，去医院将那枚戴了二十多年的"戒指"取下。本来以为是个门诊小手术，没想到，随着子宫的衰老、萎缩，"戒指"嵌入肉里，与子宫相连相生，需要用钳子将它一点点剥离。手术花两个多小时才结束。因为出血量大，母亲从门诊转到住院部，吊水消炎，前后三天才出院。母亲说，比任何一次生孩子都疼。她朝父亲乱发脾气，好像这"戒指"真的是父亲当年送给她的劣质礼物。父亲任由母亲骂，他向来严肃的脸上出现一种我几乎没怎么见过的坏笑。

经母亲这次经历的提醒，我那几个姨妈才忽然记起她们身体里那枚"戒指"。日久年深，她们已经忘记了它的存在，如同自己忘记了自己年轻时的模样。徐姨妈退休后马不停蹄接连带大三个孙子，一直拖拉到六十多岁才有空闲想想自己的身体，多亏了一次剧烈不止的腹痛，检查出那枚戴了三十多年的"戒指"已经逃离她荒芜的子宫，跑进腹腔里试图继续寻求安居的沃土。幸而发现还不算晚，做了一个腹腔的大手术后，徐姨妈说话的中气少去一半。"好在几个孙子已经念书了，完成任务了。"提起自己的身体状况，徐姨妈总不免这么说。

但林姨妈一直都记得。她的一生被它硌得酸酸胀胀，下半身状况迭出，但却从未曾想过将它取出，她与它共存到生命的最后一刻，直至将它带进坟墓。她的去世离奇，听小坚说，突然连着几天吃不下东西，人就没了。后来，养老院里有个母亲认识的护工，小心翼翼地在电话里跟母亲讲："你那个姐妹，刚走掉的那个林莉啊，一点不'突然'的。来这里之前就有子宫癌，不治疗，不让说。儿子也没来管。难受了，就让我们护工帮煲点草药喝喝。癌啊，喝草药能喝好的？"放下电话，母亲哭一阵，骂一阵。两个姨妈知道后，也是哭一阵，骂一阵。

我以为林姨妈害怕怀孕是为了保持身材，就像现在很多女明星那样。

"你别忘了，林姨妈怎么说都是女主角，跟你们不一样的，她在意自己的形象。"跟母亲逛街买衣服，懊恼一条裤子的加大码断货时，我不止一次这样打击过她那如同怀胎六月的大肚腩。

母亲哈哈一笑，一副云淡风轻的样子。"草台班子的女主角，谁还记得谁演过谁。"那些几十年前坐在台下看到过她们的人，用母亲的话来说："多半已经入土的入土，老懵懂的老懵懂了吧。"

林姨妈吃再多再好都不可能胖。"这个钻牛角尖的人，怎么会胖？"母亲接下去又要提到钟俊仁。

掐腰的红衣裳、翠绿色的裤子，喜儿的大辫子扎上了红头绳。林姨妈把钟俊仁看痴了。作为当时地委书记的贴身警卫员，常常得以坐在前排看戏，谢幕接见演员的时候，他也在场。他近水楼台，顺利获取了林姨妈的芳心。在人们眼里，他们两个的确般配。无论什么时候，母亲讲起钟俊仁，即使往往带着一种惋惜的语气，都不忘赞美他的英俊。退休在家，母亲跟我一起看港剧《原振侠》，见到黎明出场，她会指着屏幕说，钟俊仁就长得像他，脸型和鼻子特别像。我曾经狂热喜欢过黎明，无数次想过，不知道什么样的女人才能嫁给他。要是我有一个这样的林姨父，我跟林姨妈会不会亲密一些？不过也有可能会更疏远，至少她不会以经常到我们家玩为乐。

在情感道路上跌跌撞撞，我拖拉到三十四岁终于出嫁。婚事定下之前，母亲有一次拉我进房间，关上门，那架势像是要独授我一份沉甸甸的家传之物。"妹妹，结婚一定是要跟自己喜欢的人。"仿佛一句经典的台词，母亲存了好多年终于说出口。

林姨妈没能跟自己喜欢的人结婚，原因在她。人生中某件重要事情出了一个错，好像之后容易一错再错。而对那个时代的女人而言，没有什么是比嫁人更为重要的事情了。林姨妈跟钟俊仁的恋爱在那个小县城是很轰动的，又因为得到地委书记的认同而有了极大的正确性——这其实在很多人看来算光荣的了。没想到，1968年，我们这一片开始武斗，两派对垒，地委书记错站在了"422"一派，钟俊仁不可避免地跟着倒霉。

在一个明月皎洁的夜晚，钟俊仁拿着一张地委书记签署的结婚介绍信，跑来征求林姨妈的意见。那个时候，传言已经四起，大趋势大家也看清楚了。地委书记命运未卜，他此前所有的政绩都将被推翻，甚至被视为反面教材，他的派系队伍即将溃散，他签署的文件将统统失效。而林姨妈和我母亲她们，也已经听说钟俊仁将被"流放"到山区农场护林。时年二十七岁的钟俊仁向林姨妈拿出那封信，但并没有提及自己的明日噩运。他不提，她也没问。两个人坐在被黑夜笼罩的小河边，隔着这张未被捅破的窗户纸。黎明到来之际，希望跟月亮一起隐去，失望渐渐日出东方。年轻的林姨妈没能正确地做出决定。我猜，"正确"这两个字，是跟我说起这事的时候，母亲自己加上去的。

在这张结婚介绍信作废之前，像是部署某个战略，由地委书记牵线，钟俊仁迅速跟另一个女人结了婚。一个黄昏，县长途汽车站的黎司机给母亲她们几个带来了一包喜糖，托运人是来自二百多公里以外松村农林站的钟俊仁。

"妈，这不能怪林姨妈，他不说出来，难道打算骗她结婚？"

"从来就没有人怪她，是她自己怪自己。"母亲苦涩地笑笑。

在母亲仅存的几张老照片里，有一张林姨妈和母亲、徐姨妈三人的剧照。林姨妈坐在铺满稻草的木板上，母亲和徐姨妈则分别坐在她的左右。大概是因为寒冷，三个人身体紧紧挨着，目光望着同一个远方，脸上却是那种夸张的坚定。这是在狱中临刑前话别。再说几句话，母亲和徐姨妈就会被国民党拉出去枪毙，独剩林姨妈一人，等待乌豆那一幕经典的刑场救人。《杜鹃山》，林姨妈演视死如归的铁血队女党员贺湘。她们演过很多场类似于这种表达坚强意志的戏。演得多了，好像感觉自己真的连赴死都不害怕。母亲告诉我，有一天晚上，她们到梅花村演出，因为第二天一早要开大会迎接最高指示，她们连夜走三十几里的山路回县城。半途掉队了，她们举着仅有的一盏煤油灯，路过一片磷火乱飞的山坟地，她们大声唱着歌走过去，一点都不感觉害怕。可是那次，她们商量了一整夜，拼命劝阻林姨妈，再也不能回到松村那种穷山旮旯里生活了。她们对那种穷极无望的生活更感到彻骨的害怕。她们对"新生活"满怀激情和希望，坚强的意志在"新生活"的召唤下变得岌岌可危，即使用爱情这种美好的东西也难以固定。

谁说不是？爱情从来就是生活的一种，仅仅是其中一种。

母亲在舞台上只演过一次爱情戏，就是她当主角的《霓虹灯下的哨兵》。

春妮的丈夫——三排排长陈喜，被上海南京路的"香风"腐化，一度丧失革命意志，幸而最终被英雄感化，回归正确的革命道路。有一幕：陈喜嫌弃糟糠之妻，将他们的定情物——一只针线包，扔得滚落舞台。那只针线包是林姨妈一针一线做出来的，被母亲像勋章一样留下来，纪念自己的这次主角身份。小时候，我时常偷穿母亲的衣服，在一只大大的樟木箱里见到过它。红缎面上有一只手绣的小鸟，展着灰色的小翅膀。

挂掉视频，不一会儿，我收到母亲微信传来的照片，不是原图——她总是忘记点下边那个小圈。但那张旧纸片上的字够大，够严肃，笔画不作潦草的勾连，好认：钟俊人，邕县良宁镇自然资源所。我第一个反应竟然想笑。原来他的名字是这样的，几十年来，我一直很自然地认为是钟俊仁。要早知道是这样的"俊人"，估计每次听到我都会忍不住笑出来。我甚至怀疑，之所以隔着那么遥远的记忆，使得她们对他的俊美不减赞赏，多半是受这个名字的暗示。

为了腾出老房子给小坚二婚，林姨妈收拾好一些自己的东西，准备住到北山脚下的养老院。这张旧纸片就在这些东西里面。去养老院之前，她把它放到我母亲的手中。

"哪天我走了，想办法，告诉钟俊人。"这句话让我母亲伤心了好多天。她们在一起好了那么多年，互相帮忙的不过是些柴米油盐、芥豆之事，这张旧纸片就像一个即将奔赴刑场的人许下的愿望。母亲想起前半生她们一起演过的那些英勇故事，觉得这件事情非做不可。

我其实并不太抱希望，潜意识里还有些嫌麻烦。这不是一个电话打过去就能完成的。人海茫茫，大费周章去为一个已经离世的人完成一件事，其实仅仅只是为了告慰活着的人。何况是这样的一件事，这又算是一件什么事呢？

在电话里，我跟母亲兜来兜去，最后说出了我的心里话："妈，你算一下，五十三年了，五十三年间没任何联系的一个人，说不定他早就不在那个地方了。"其实我想说的意思是，说不定他早就不在了。但这话我不敢对一个跟他年龄相仿的人讲。

"我觉得不会。嗯，不一定会。她之前还去找过他。"母亲把声音压得很低、很轻。

我才忽然醒悟，这张旧纸片上的地址不是松村，不是那个把母亲她们吓怕的穷山旮旯。

"之前是什么时候？有电话号码吗？"我仍然希望一个电话能搞掂，或者加个微信搞掂。现在跟人联系，即使是一个陌生人，不须见面，在微信上也能说很多话，交代很多事。

"呃，只有这个地址。"母亲在心里算了一下，"林姨父去世那年，应该是2007年。"

我在心里迅速地算了一下。"妈呀，十五年前了诶，那还叫什么之前啊。妈，你这是什么时间概念呀……"十五年前，我的孩子才刚刚出生。

2007年，林姨妈偷偷跑去松村找钟俊人。谁也不知道她想干嘛。她对母亲她们从没说过，直到她将那张纸片放到母亲手上。她也只是简单告诉母亲，她"之前去找过他"。那时，松村已经不存在了，合村并镇，钟俊人就在纸片上这个地址。现在，拉进度条一样，我从五十三年前前进到十五年前。要找到十五年前的钟俊人，即使时间"啾"一下缩短，我也觉得并不是件容易的事。

我默默地在我的人际圈里搜索了一番，确定在邕市有联系的只有一个老同学了。不过，她的工作跟自然资源一点不沾边，她是个中学老师。硬着头皮电话打过去，简单地把事情说了一下，装作好像为了找这个人我在很多地方已经说过很多遍似的。我认为她顶多只会帮我打几个电话，毕竟只是这样的一件事。倒是反复回味刚才在那通电话里，我灵机一动，将钟俊人这个人定义为"我姨妈的前男友"。老同学还以为要找的是这个单位的在职人员，觉得难度不大，答应得也干脆。不过，当我接着说出他的年龄，她沉默了好一会儿，最后改口说，那我帮你问问，我尽力啊。

这事要不是身处其中，外人总归是会觉得过于戏剧性，能否做成，但也不是编剧说了算。

那通电话后，几天没消息。有一天傍晚，在社区做核酸检测，工作人员扫一扫我的健康码，一个机器里立即准确地念出了我的名字，我的心里亮了一下。

按照我提供的思路，那个老同学找到了她一个学生的家长。这个家长在邕县卫健委工作。果然，几天之后，万能的大数据让我们锁定了生于1941年的钟俊人。他属于良宁镇一个叫益民社区的网格管理范围。

我添加了一个微信名为"人在旅途"的人，头像是有山有湖的风景。此人是良宁镇平安养老院的院长。对我和母亲来说，"人在旅途"现在是这个世界上离钟俊人最近的人了。在我的微信朋友圈里，居然有几个人不约而同叫"人在旅途"，有男有女。如果不是及时添加备注，我根本分辨不出谁是谁。他们平时不怎么发朋友圈，一到周末，美景美食几欲刷屏，各种节假日会分享官方制作的贺卡。我猜，"人在旅途"也属于这类中年人。

加上不到一分钟，"人在旅途"发来一张照片。他老得不像一个刚跨入八十岁的人。要是按照我小时候那种奇怪的逻辑，这个人一定会被我列为"好痛诶"的那类。除了因为肉少而倔强挺直的鼻子，他脸上每一个地方都塌下来了。不过，他花白的板寸头，让我确信他就是我要找的钟俊人。这一点跟母亲多年来对他的描述是吻合的。吸引我注意的是，在他长满老年斑的手上，竟然拿着一张报纸。从他的姿势上看来，拍照是为了使镜头更好地展示这张报纸。

这张照片不是特意为我拍的。每个月，"人在旅途"都会为那里边的老人拍这样的照片，然后上传到社区街道办的一个系统。照片被确认后，这些老人才能领到每月八十元的养老补助金。因为疫情，本人没法前往街道办确认身份并领取八十元，"人在旅途"每个月就多出了这么一项任务。像道具一样，他们手上会拿着一张当天的报纸，上边的日期就是他们当月活着的证明。

"他只认得出少数人，脑萎缩啦。""人在旅途"用语音发给我。她果然懒得打字。

我将照片转给母亲。隔了很久，母亲才给我回电话。"怎么那么老了啊？好像真的是他，眼睛和鼻子都像钟俊人。"

又过了一阵。"人在旅途"发来一段视频，时长一分三十七秒。

跟我想象的不相上下，"人在旅途"的确是个中年妇女，肥胖。唯一称得上特征的是她的穿着——一件紧身的橙色毛衣、一条黑白竖条纹的阔腿裤。她一出现便夺走了我的注意力。

她凑近椅子上的老人，嗓门很大，说出了我写给她的那段话。

"你还记得林莉吗？"她跟我说过，钟俊人是那里边唯一一个讲普通话的老人。好在，她的普通话讲得还行。

在养老院待久了，"人在旅途"很能把握跟老人说话的节奏。她停顿了一下，看看他的反应。

"嗯，是的，住在梧市的那个林莉。"我不清楚她是怎么能接收到他表达过"是的"的意思。我一点都看不出他有任何反应。

"林莉有个亲戚，让我告诉你，林莉回家了，时间是2021年9月16日，傍晚6点左右。"在我写给她的那段话里，在"酉时"的后边，我用括号注明"傍晚6点左右"。看到她这么讲，我竟生起一丝得意，仿佛相比整件事，我更期盼这个地方的出现，更为自己的用心感到满意。

"人在旅途"又停了下来。这次停得比上一次久一点。

"你听懂了吗？林莉过世了。林莉过世了，听懂了吗？"

说完，她指了指我这边，让他看过来。他的眼睛就看向我了。我突然感到有些慌乱，好像他真的能看见我。好在，他那双深凹下去的眼睛，一如往常只能看见他所身处的熟悉的周遭，那些将伴随他到达人生终点的时间、地点和人物。他脸上的迷茫没有一丝改变。想到这个，我顿时释然。

视频结束了。那么短，短到我都很难在它底部的进度条进行拖拽，一拖就到了开始，或者到了结束。它并非像人们回忆中的时间，自成节奏，有的会被无限压缩，有的会被尽力拉长。

夜间暴走 |

她以为是树上那两只打架的松鼠，有一只跌到草丛里了。几分钟之前，她从书房的窗子看到它们，被追的那只瘦小，尾巴比身体粗壮很多，从香泡树的一根细枝溜过去，像只鸟在飞。追它的那只大好些，压坠了那根细枝，滑落到下边的树干。它不得不费点时间，回头找到树干的分岔口继续往上追。大的那只会不会恼羞成怒？一直坐在书桌前观战的她，忍不住笑出了声。她被自己的笑声暴露了。受惊吓的两只松鼠瞬间忘记了打斗，蹿过旁边矮一点的杨梅树，相继逃往北边那棵高高的银杏树上去了。不一会儿，她就听到楼下草丛唰啦唰啦响了几下，其中夹杂着小树枝折断的脆响。她猜是大的那只掉下来了，又或者它们从树上打到了草丛里。她不打算起身跟过去北面的窗子。换在早些时候，她会录视频，发给朋友们看。现在，这股新鲜劲儿已经消失。

直到她听见男人的声音，才明白不是松鼠。

年轻女孩站在北面那扇窗子下边，打着一把透明的小伞，完全没察觉雨已经停了好一会儿了。她的白靴子挪来挪去，为了避开脚边一汪积水，寻找稍微干爽的位置。她朝香樟树下望望，又看看自己脚下。女孩望向的那里，被茂密的树冠挡住了。不过，应敏知道，那里种着一排忍冬草，被修剪得整齐圆润。泥土地跟石板路相交处有一块拐弯的三角区，工人不时地会往里边补种几块草皮。到了秋冬季节，草皮就像癫痫一样难看，工人不得不铲掉它们，填上一些塑料的仿真草皮，以免拐弯的行人不小心踏进去滑倒。现在树叶刚刚开始泛黄，那里的草应该还是真的。

女孩不敢离开，也不愿走近，朝那棵树下喊话："我给物业打电话了，保安很快就到了。"

是的，她已经看到两个保安，正穿过没放水的天蓝色泳池，抄捷径往这边一路小跑过来。她想张口告诉楼下那两个人，保安过来了，但她没吭声，就那样悄悄站在窗边，仿佛生怕自己暴露。


"你过来拉我一下。"晚上，应敏迫不及待地向秦烨说到了上午这一桩事，"那人这样说了两遍。女孩也真是的，这点小事都要打电话叫保安。现在的年轻人，是不是只懂得手指点点叫外卖？"

秦烨走路很专注，担心嘴里吐出一个字都会影响他均匀的气息。

"你过来拉我一下。"应敏接着又对那人的语气挑毛病，"听起来好像他其实并不需要帮助，倒像是在行使某种权力。"

应敏一个人在那里说。她看不清楚秦烨的表情。小区的地灯都藏在草丛里，据说是为了营造野趣的氛围感，一盏灯只够照亮一小截道路。

"没毛病，教科书式的做法。"秦烨接了一句，又赶紧闭上了嘴巴。

应敏没料到秦烨会认同那女孩，以她对他的了解，他应该会责怪那人的说话态度。他一概将那些不懂得客气的人判定为自以为是，背地里评价某类人，很多时候会对着那个虚空的"你"声讨："你以为你是谁啊，牛哄哄的。"在他步入中年之后，事业开始不那么顺意，认为所有人都对他牛哄哄的。不过这种事，如今不在他们较真的范围了。她只好闭上嘴巴，让脑子在一种机械的节奏之下得以放空。

晚饭后暴走，是应敏和秦烨的必修课。他们找到一种不造成膝盖负担的速度，一圈下来，触一下手腕上的智能表，心率显示在120—130次/分钟之间。第二圈稍微慢一点，数值便降落一点，第三圈又加速，数值上升。如此几圈，让心脏像跳动在某条波浪线上，带领着血液、氧气等生命值，谱写一首气血健康交响曲。这是养生专家刘老师的话。应敏花六百八十八元在抖音上买了刘老师的课。下班后，他们一起听课、一起实践，互相纠正、互相监督，好像回到了大学时代，一起泡图书馆、一起吃食堂、一起在夜晚的操场上看月亮，然后偷偷用手"看"对方的身体。他们在一起那么多年，但都似乎没有像现在这般感到彻底地在一起，像是被一团无形的绳子捆绑在了一起。

把孩子送出国后，他们把学区房卖了，换了这个长年挂在公交车站灯箱广告上的"有野趣的房子"。在学区挤了多年，第一眼看到这里，确实是有几分野趣的。城郊，小区占地够大，自然也舍得留白，鱼池、泳池这些标配自不必说，还辟出一大块亲子农耕乐园。家长周末会在那里教孩子认玉米、芝麻、番茄等农作物，蹲在泥土上教孩子用小锄头除杂草。这里没有电梯房，四层高的板房东一幢西一幢，楼与楼互相不照面，用樟树、桂树、棕榈树之类的隔开几十米的间距。树密，要是对面楼有谁在大声讲话，闻其声不见其人，有点"云深不知处"的意思。这正是他们想要的。

"从现在开始，我要把大多数人请出我的生活。"入住第一天，秦烨整个人瘫在软塌塌的懒人沙发上，望向阳台外边的绿树，出神很久。当天晚上，置身于一片罕见的寂静之中，他们躺在两米宽的大床上，感觉跟过往沸水一样的生活断了片，陌生到不真实。开始，秦烨老觉得身体里会腾起一股尿意，但又不是那种要撒尿的意思，往返几次卫生间之后，好像是终于记起了某种感受。在充斥着清漆、甲醛气味的新房子里，他和她续起了中止数年的夫妻生活。不需试探，没有门槛，他们竟然还能像以往那样行云流水。不一样的是，结束之后他们并没有很快睡过去，相反，他们比之前更清醒。促使他们清醒过来的不是做爱这件事，而是他们默契地意识到，一种初衷回归了，他们张开怀抱迎接了它，并将它认定为一种新的自由。

在生活这方面，他们一直很合拍。

他们的爱情始于校园里一场再普通不过的冲突。一次在食堂打饭，一个大只佬敲着铝饭盒走到他们排队那一列，大摇大摆插入一个明显矮下去的缺口。还没等秦烨有反应，那个矮下去的人，举手拍拍大只佬，高声质问他凭什么插队。秦烨才注意到身前这个只到他胸口的女生。他们共同对付了大只佬。从大只佬悻悻然离开的眼神，倒不像忌惮秦烨，而是讶异于这个女生满脸写着"你敢侵犯我试试"的勇敢和自信。这是后来秦烨跟应敏说的。他爱上了跟她的体型完全不匹配的勇敢。应敏相信是这样的。除此之外，还有什么呢？她相貌平平，丢在人堆里大概只剩下矮小是她的唯一特征了。

他们同时踏入 1988 年的大学校园，虽然读的是外语系，但很快，他们意识到不是把英语讲得如同母语一样好就能出国。光阴匆匆，机会渺茫，跟那个时候的大多数人一样，他们意识到应该去抓住眼前一些实际的东西，比如赚钱。在校园的墙上、电线杆上，只要稍微留心就能获得某种机会。按照那上边张贴的传单信息，他们骑着不知转了几手买来的自行车，光明正大地从校门骑到社会上，去做家教，偶尔也导些旅游散团，顺便跟老外练习口语。有那么一段时间，他把她送到做家教的地方，再转头到自己做家教的地方，结束后又来接她。坐在自行车后座，应敏整个人贴着秦烨热乎乎的脊背，一路如同骑行在通往甜蜜生活的大道上。

从校园往市区要过一条跨江大桥，桥底下的江岸边，是一片草树夹杂的野地。他们算好时间，自行车顺坡溜进那片野地，亲热一会儿，要是恰好四周无人，他们会亲热得更深入一些。他们的第一次，就是在那野地里完成的。凭借一种迫切的激情和勇敢，应敏甚至都没感觉到自己疼痛，倒是那种生怕来人的刺激让她刻骨铭心。大学最后一年，他们用做家教赚到的钱，在偏僻郊外租下一间小农舍，偷偷当起了周末小夫妻。这行径在那个年代是过于开放了。多数女生还在琼瑶小说的热吻段落里寻找心跳时，应敏已经大踏步把她们甩在了后面，她追随着他，在如胶似漆的那些时刻，她甚至在心里下过决心，跟他在一起去哪里做什么都行。她不在意旁人那些内容复杂的眼光，毕竟长期脱离集体早就使他们成为一对"声名狼藉"的男女。她不见得整天都会惦记那事儿，但那会儿他们的确很兴致勃勃。在他们看来，那间砖砌的破旧小农舍里，藏着一个世界，辽阔、深邃，这就是他们当时最能想得到的自由了。

那么多年来，在譬如结婚纪念日、翻看旧相册之类的某些时刻，应敏都会记起那片野地，犹如隔世，心里暗暗诧异当年自己的那些做法，那些被秦烨看中的"勇敢"究竟从何而来。


还没有找到暴走这种方式之前，应敏和秦烨的"运动课"是打乒乓球。在那栋玻璃房一样的会所里，免费为业主提供一些休闲娱乐场所，棋牌室、读书室，甚至还有练歌厅、练舞房。二楼最后的一间是乒乓球室，同向摆着四张墨绿色的球桌。乒乓球弹落木地板会发出结实的"嘚嘚笃笃"的回声。在外行的他们看来，球室里有一种专业的档次感。他们当然谈不上什么球技，球来球往，弯腰捡球几乎与挥动拍子的概率同样多，如此个把小时，只是为了出一身汗。抖音上的刘老师说，有氧运动可以抵抗皮囊氧化，促进代谢，延缓衰老，增强活力。精、气、神，这些都是他们眼下迫切想挽留的。

球室每天晚上七点半开放，恐防占不到球桌，他们总会早早拎着球具、毛巾和枸杞水在门口等。七点半，走廊尽头会准时走过来一个人，迈着大八字步，左右手从身体两侧四十五度方向轮流甩出，甩得老远。他人又高，腿又长，甩出来的手臂就好像身体外挂了两只桨。第一次见到他，他们以为是物业管理员，或者说是物业请来的教练。他掏出钥匙开门的样子，严肃得就像在开一个保险柜。他对他们一直都没表情，就连他们跟他打招呼，他也只是从鼻腔里哼出一声应答。

见过他之后，秦烨每次照镜子在意一下自己的肚腩，应敏都会安慰他，再大也没有老腆大啦。

老腆这个外号是秦烨起的，是他和应敏的专属。"腆"并不是形容那人的肚腩，只是一种发音，一种接近秦烨老家方言的发音，专门形容老爷子那种走路的样子。他们都是学语言的，对发音敏感。那方言比"腆"多出一个后鼻音，汉语拼音里没有。但即便如此，应敏每次都能很准确地发出这个声音和音调。每次说出这个字，他们都会默契地附带出一种情绪，类似于秦烨朝空气中那个虚无的"你"喊出那句："你以为你谁啊，牛哄哄的。"有几次，在路边远远看到他划着两只"桨"腆过来，他们会不约而同低声喊出"老腆"，然后发出一阵只有彼此才懂的冷笑。

其实，老腆跟他们一样，是这里的住户。这个球室得以设立，是他牵头领着一帮人找到业委会，层层攻关申请下来的，算是创始人。物业就委托他掌管钥匙。老腆每天准时过来打球，最早到，最晚走。他的球搭子不固定，但换来换去都是那些常客。事实上，除了秦烨和应敏，来这里打球的几乎都是老腆的伙伴们，年龄相仿，彼此熟悉。有的偶尔带小孙子过来玩球，老腆会教孩子们发球。球掉得满地滚，他也会弯下腰来捡。他长期占据的那张桌子在最左侧，唯独那里墙角有张凳子，看上去是专供他休息的。不打球的时候，老腆就坐在凳子上，看到一记好球，评点一下。更多时候，他跟他们聊天开玩笑，讲一些时事或者旧事，中气十足，声音能盖过那些密集的"噼噼笃笃"。就算秦烨挑了离他最远的那张桌子，一边打球也一边能听到他说的那些事情。但老腆从不理会秦烨他们，好像他们就是闯入这里的一对不速之客。好几次，老腆跑到他们隔壁那张桌子观战，碰巧他们的球滚到他脚边，他也任由那球"喞笃"朝更远处蹦去。

秦烨不喜欢老腆，甚至还揣测过他是不是在暗中收费。相比他对其他人的态度，他对他们两个实在过于冷淡。他们本来也可以不用在意他，但只要一进到球室，仿佛进入了某个气场，秦烨总会在眼角余光里看到他，怀疑他一直在盼望他们早点离场。

有一回，连着几天，老腆没出现在乒乓球室，秦烨顿时觉得气氛轻松了不少，休息时还跟隔壁桌那个胖大爷聊了几句，也可能是存心去八卦老腆为什么没来，暗暗希望他今后也不要再来。

"老腆不是因为生病，而是跑广西怀旧去了，约了当年在那里下乡的老'插青'，要看看他们一手一脚挖的月湖还在不在。"

"噢，原来月湖在广西。"秦烨做出恍然大悟的样子。

"对，广西。你也知道月湖？"胖大爷和善多了，浓浓的眉毛里长出几根长长的白须。看起来，胖大爷跟老腆最要好，这几天钥匙由他代管。

"不是老听你们在讲嘛。"

这里边的人估计没有一个不知道月湖。老腆不时地诉说"革命风光史"时，这个湖总在里边。他们还知道老腆在月湖勇救跳水者的故事。一个被老腆称为廖教授的人，"臭老九"，被斗得不想活了，正月初一大早去跳月湖，被恰好经过的老腆从水里捞了起来。

"那水冻得能刺破心脏。差不多百把米到岸的时候，我心想，完蛋了，这次要陪葬臭老九了，奶奶的，这英雄逞不得。"老腆讲得一惊一乍，仿佛几十年后他仍可以站在这里自称英雄根本就是个奇迹。

人家不禁插嘴问他，那廖教授人呢？

"好着呢，活得比我还好，住大别墅，儿孙伺候着。"老腆掰掰手指头，"得有九十多了吧。死过一次的人，都长寿，您别不信。"讲完，老腆又回过头去补充他在湖里跟死神搏斗的英勇细节。连带着，又说起后来为了给廖教授弄点营养，他领着两个要好的知青，偷偷割了农场两条猪尾巴给送去。

"那两头猪疼得嗷嗷叫，真他妈罪过啊，后来做梦都被猪叫声吓醒。"

"没被抓到？"

"被抓到他还能返城？割社会主义集体的猪尾巴，重一点要判刑的。"

"那会儿吃猪尾巴，相当于现在吃人参了吧。我们那个农场，顿顿稀粥配番薯叶，要么稀粥配萝卜干。"

看起来，那些人对割猪尾巴这件事更有共鸣，七嘴八舌回忆起他们当时因为饥饿去偷鸡摸狗的那些事。

跟那个年纪的多数老人一样，老腆喜欢炫耀过去。但秦烨最忍受不了他那些轻蔑的语气，好像现在人们获得的一切好东西全是靠他们以前争取来的。"现在的年轻人，真不行。"那个"真"字拖得老长。应敏每次听到老腆这么拉长声音说，都会想到，有可能他从开始就将他们两个划入了"现在的年轻人"之列，又或者他认为除了自己这一代，之后的都被划入了"真不行"的队伍。

"仔细看看，老腆这类人其实很多。他们也不想想，现在能活得这么好，还真的是因为'死过一次'？瞎扯吧！"私下里，秦烨会跟应敏一起分析老腆这种人，拿他跟单位那几任退休多年的老领导做比较，偶尔也会跟他计划中要"请出我的生活"的几个人比照出一些共同点。

夏天才刚刚开始，打乒乓球这项抗氧化运动就有点难以为继。"嗒嗒笃笃"打不到两个回合，应敏和秦烨就已经大汗淋漓，吃不消了。秦烨检查过空调那几个出风口，动静全无，以为是那里的空调坏了，只好咬牙坚持，权当出汗排毒。但往往忍耐不了几个回合，他们就会早早收兵。直到有一天，他们打得意志力松动，正想结束的时候，那些老球友三三两两过来了，很快，好像某个机关被触动，头顶有阵阵凉风袭来。秦烨顿时意识到，老腆像指挥官一样摁下了不知道他藏在哪里的遥控器。第二天，在凉风还没有到来的时候，他们有一只球蹦到了桌底的中间段，秦烨艰难地钻到桌底下捡，站直后，球拍重重拍在桌上，径直走到老腆跟前问："老爷子，遥控器呢？"说完，指指头顶。老腆看看秦烨，下意识将一只手搭在自己的肚腩上，好像生怕那地方受到了惊吓。"我不知道啊，这玩意儿，就是自动的。"说完便没再理会秦烨，抬头盯着出风口那排小栅栏，仿佛那里边藏着一个暗箱。

应敏的眼睛一刻也不敢离开秦烨。在某个瞬间，她差点想要冲过去，尽管她还没想好，是去支援还是阻止她的丈夫。她看到他举起的手，用力地甩了出去——是那只白色的球，砸在了某个虚空的地方，发出质地结实的一记响声。

这是他们最后一次出现在球室。


相比打乒乓球，暴走更自由。两个人，说走就走，迈开步子，甩起膀子，时快时慢，不需要他人配合，一切都在自己的掌握之中，唯一的遥控器只握在老天爷的手上——阴晴雨雪，共四挡。

应敏喜欢那种夜色中并行的感觉，速度上来之后会生出志同道合的安稳。渐渐地，他们对夜间暴走有点上瘾。买齐了刘老师推荐的装备，速干衣、压缩裤、减震鞋、吸汗袜、护膝、腰包……一式几套。每天，晚饭一个小时之后，他们默契地推门出去，好像这种脑袋空空在路上转圈的运动，才是一天当中最脚踏实地的生活。他们推掉很多可去可不去的晚饭局，只为了专心赴这种生活的约会。有好些次，他们打着伞在冬夜的暴雨里疾行，觉得终于获得了锻炼意志的机会。八月份到来的那场名叫"烟花"的台风，尾巴刚好擦过他们居住的这座城市。"烟花"暴走在他们小区时，没挟雨来，他们两人全副武装，飓风打乱了他们的速度，智能表上的数值一派凌乱，但他们走出了壮士般的豪情。一路上，落叶、断枝"尸横遍野"，除他们之外看不见第二人，连时常横蹿过路的野猫也没了踪影。他们顶着风，艰难走完规定动作，如同赢了一场报复性的战斗。这算得上是他们夜间暴走的一个里程碑了。

他们还加入了"抱息团"。刘老师直播间粉丝有五十多万，但"抱息团"里只有一千七百八十九人。这一千七百八十九人除购买刘老师的课之外，还办了团卡，一年三百六十五元，成为刘老师的 VIP 客户。VIP 可以在群里向刘老师请教养生，每人一月有四次提问的机会。刚加入群那会儿，他们不浪费提问的名额，总要问这问那——血压时高时低与暴走有没有关联，更年期胸闷气短应该怎样缓解，如何只针对肚腩减肥而保留其他部位的脂肪，甚至，他们会请教一些健康的膳食搭配。不过，他们倒不会像有些人，不避忌隐私，直接问一些具体的治病方案，例如前列腺肥大、脂肪肝、糖尿病乃至盆底肌松弛漏尿等等。这些问题刘老师皆统一回答：建议到正规医院问诊，这里只治未病。

很快他们就没什么可问了，之所以还会每天花一块钱待在里边，大概只为了看到自己的步数、配速等数值的排名。这个自动更新的榜单，每天几乎都不少于五百人在列。应敏和秦烨的成绩不俗，一般不会跌落五十名之下。秦烨有过几次登上冠军的纪录，那些高光时刻都被他用手机截屏保存下来，晒到朋友圈。靠前的那几十位跟他们一样，属于暴走上瘾一族，稳踞榜单前列，雷打不动。当中，有那么十来人，更是"抱息团"里的活跃分子，天天在群里聊得火热，还会晒身边美食、美景的随手拍。应敏只旁观，不爱搭话，倒是"火华"，不止一次跟那些人分享八月在"烟花"中暴走的经历，接着势必收获很多竖起的大拇指。有一次，"火华"又说起这经历，有个叫"Vinson"的跳出来说："不该在这种极端天气进行户外运动。""火华"就在群里跟"Vinson"打嘴仗。两人越吵越厉害，但都没有一个人跑出来劝架。每发过去一句，秦烨就愤愤地跟身边的应敏讲，这哥们儿有病啊？真理就握在他一个人手中？他敢对我讲一句脏话试试看？应敏觉得秦烨实在太无聊了，难不成他会跑去找"Vinson"打架？他连"Vinson"是男是女都不确定。最终，刘老师在群里丢出一句"戒暴怒以养其性，省言语以养其气"，无任何立场地结束了这场嘴仗。

秦烨在"抱息团"里应该算得上是个人物了，具有一定的号召力，不时提出一些意见和建议，往往都会得到一些人附议。比方说，他会突发奇想，提议建立基金会，众筹，然后选择一座城市，举办一次集体暴走。于是，整个晚上，那活跃的十来号人就因集体暴走生发出很多联想，漫无边际、不切实际，权当闲聊。到睡觉之前，话题变成了各自居住地的比美。

令秦烨引为壮举的，是他牵头将"知恩"踢出了"抱息团"。

那个叫"知恩"的，不知道什么时候进的群，话不多，但不时会转发一些心灵鸡汤的文章，夜深人静，还会发些录制的雨声供大家助眠。说实话，那些抒情文字跟雨声一样，湿漉漉的，读来的确给人一种岁月静好的感受。应敏还蛮喜欢点开看的。但秦烨看不起这些东西，觉得这人在虚情假意地说教。尤其发现"知恩"对暴走根本一点兴趣都没有，他更觉得这个人待在群里格格不入，仿佛有某些企图。刚开始，秦烨猜"知恩"是为了交际，或许是为了工作的某些需要，类似推销保健品之类的，也有可能是为了找另一半。不知什么原因，秦烨认定"知恩"是位女性，而且是位独居女性，至于离异还是丧偶就说不准了。直到有一天，"知恩"在群里发了一条求助信息，大意是自己十五岁的女儿确诊白血病，化疗六次，花掉二十多万，骨髓移植六十多万，家里所有积蓄和借款都花光了，现在面临并发症治疗的昂贵医疗费，走投无路了，在此求救于好心人。接着这条信息后边，连续发出了好几张医院治疗诊断和缴纳费用的图片，最后一张，是那个十五岁女孩躺在病床上的照片，因为过分消瘦，眼睛显得奇大无比，空洞地看着前方。应敏从没见过人竟然会有那么大一双眼睛，有点骇人。

奇怪的是，这些信息发出很久，后边都没有一个人跟话。那些几分钟前还在聊吃聊喝的活跃分子，好像突然被什么东西一哄而散。

秦烨看到这些信息的时候，已经是"知恩"的第二次转发了。他对应敏说："你看，我就知道，终于露出原形了。"他用手指不断往上滑，好像在仔细做着某个调查。距离"知恩"第一次转发，时间已经过去四个多小时，其间没有一个人接话。只有一个叫"小猪"的来问刘老师，上次在他那里购买的速干衣，小了一码，怎么换？刘老师很快给出了解答。

"知恩"那一大串求助信息，仿佛挂到了外宇宙。

"您的点滴帮助，将是我女儿奔出死亡绝路的一双跑鞋！"秦烨大声念了出来，"嗯，这文案写得不错，是花了心思的。"接着，他丢了一张刚才暴走后拍的照片进群。刚好有几张枫叶落在了路灯的玻璃罩上，红彤彤的，他用手机拍了下来，滤镜处理一下，使背景完全虚化，只剩几簇红影，就像荒野里燃着一团篝火。很快就有人接着照片开始赞美。群里忽然之间又恢复了往日的气氛，发出来的各种随手拍几下就淹没了"知恩"。

再次看到"知恩"转发求助信息，已经是第二天了。好像这一大串信息会赶人，它们一出现，"抱息团"便沉寂下来。

转到第四遍，"火华"忍不住跳出来，@了"知恩"："请不要在群里发这些乱七八糟的东西，这里不是你做生意的地方。"

"知恩"并没回答。第三天，那串信息又浮到了群里。

"火华"终于发火了。这一次，他@了那些平时聊得比较多的，一起要求群主出来净群，否则他们就集体退群。

于是，那些人就开始声讨"知恩"的信息。有的说一大早看到这些信息就感觉整天的霉运开始了，有的在积极给这些信息打假，更多人开始列举一些碰瓷、受骗的亲身经历。七嘴八舌，讥讽加谩骂，一时间如同暴走般痛快。

最终，刘老师被"炸"了出来，他对"知恩"讲："您好，我们这里不是公益群，您的情况可以请水滴筹之类的帮助。您在这里交的入群费，我会在后台悉数退还。"末尾加了个作揖的图案。

从此，群里再无"知恩"。

有那么些个失眠的夜晚，应敏被秦烨震天响的呼噜困扰，她会戴上耳机，调出她保存下来的"知恩"的那些雨声，是那种完全没有修饰过的雨声。雨水打在屋顶上、树叶上，没有高潮起伏，一直就那样没完没了。很奇妙的，雨声反倒使整个黑夜静默了下来。应敏闭上眼睛，仿佛能看到那些密集的雨珠，在漆黑中闪闪发亮。在这种静默中，应敏会想一下那个叫"知恩"的人。不知照片上那个大眼睛的女孩是否还在，抑或压根儿就没存在过？但无论如何，这女孩是她对"知恩"唯一能对应的具体形象了。

现在，他们不再需要不时点开腕表查看数值，他们对暴走的节奏控制得像钟表一样准确。除了鼻腔在呼吸之外，他们在夜色中，不发出任何声音，不做出任何表情，就像一对在小区梦游的人。通常，走够步数后，他们会缓缓再来上一圈，相当于整理运动。这一圈神清气爽，应敏会挽起秦烨的手，不时想到余生会这样过完，说不上来是好是坏。好像他们未来晚年生活的计划并没有把儿子算进来，尤其听到儿子最近交了个希腊女友，他们更预感到，余生应该就是两个人，一圈一圈又一圈，在这个充满"野趣"的地方完结。

他们并不保守，年轻时选择学外语专业，大半是想到外边的世界闯闯，但这想法在大学校园里就改变了。当初，决定送儿子出国，他们甚至有过争论。从银行里转出六十万给教育中介办出国的时候，秦烨严肃地告诫儿子，别光顾着玩，得学点东西回来。至于回不回来，他的态度倒没那么强硬,重点在说玩。儿子的确爱玩,出去三年,一次没回过家。每到一个地方,他会拍些视频发给应敏看。凡尔赛宫、尼亚拉加瀑布、黄石公园、狮身人面……好像出国主要是为了打卡全世界的风光。视频全被应敏保存了下来。这些年轻时她奢想过的地方,现在,只是因为儿子才跟自己又有了一点关系。想念儿子的时候,她会反复看这些视频,相比儿子身后那些大名鼎鼎的地方,她更羡慕那张年轻又兴致勃勃的笑脸。偶尔,她也会放给秦烨看,往往看不到结束,他就不耐烦,几乎咬牙切齿愤愤挤出一句——满世界跑,真有能耐,也不想想是谁给他创造那么好的条件!或者用他家乡的土话来上一句——牛耕田,马食谷,老窦揾钱崽享福!好像他这么一讲就会败掉谁的兴致似的。应敏习惯了他这个样子,不理会他,在心里笑话他嫉妒儿子。她照样会抓准时机帮儿子讨旅游的盘缠,比如,像现在这个时候,手挽着手,放松呼吸,说着些可有可无的话。

这次儿子要求五万,先去冰岛,之后整个假期都会待在希腊女友家。他们的钱都存在一块儿,默契一种取大钱必互相通报的规则。五万块,对他们来说,是大钱。应敏还没想好怎么开口,他们就看到了那座亮晶晶的玻璃房,一群人正从大门口陆续走出来,是乒乓球室里的那些人。秦烨一眼就认出了那个胖老头。

那群人从明亮的地方,三三两两,渐渐走进暗处。听不清他们在谈论些什么,远远看去,就好像刚从电影院散场出来。

“好像很久没看到老腆了。”

老腆的确不在那群人里边。他那个大摇大摆的走路姿势,用秦烨的话来说“化成灰都能认出来的”。

那群人已经绕过会所门口的大花坛,朝着他们反方向走远了。他们又回过头去找,确认老腆不在那里边。他们并没有看到暗夜里那两道荧光杠。

打球那会儿,他们就注意到老腆喜欢穿那种运动裤,阔直筒,踝关节处束脚，两侧带着两道杠，黑色的裤子配两道白杠，灰色的裤子配两道黑杠。他不经常穿的还有一条白色的，配着鹦鹉绿色的两道杠。他们私下嘲笑过他，认为这些与他年龄不符的裤子是他的儿子或者孙子淘汰给他的。直到有一次，他们在暴走的时候，见老腆划着两只"桨"朝他们迎面走来，暗夜中，发现那两道杠竟然会发光。他们才意识到，是那种反光贴条，类似于夜行者的安全服，让人看见黑暗中的自己，也让自己被黑暗中的人看见。这么一看，在暗夜中走路的老腆，倒像是一条挂着航标灯大摇大摆夜巡的船了。他们被这会发光的神器逗乐，待老腆巡过去不远，终于忍不住爆发出了笑声，那笑打乱了他们均匀的标准呼吸。后来，他们还无聊地考究起那两道杠的发光原理。应该是利用光的折射，类似于高速路上的反光牌、斑马线上的交警以及环卫工人衣服上的反光布，但他们弄不懂那究竟是什么样的材质。应敏对那次讨论印象很深。因为在他们说过后不久，她用手机刷抖音，鬼使神差，竟跳出一个老专家，隔着屏幕给她分析反光条的回归反射原理。大致是反光布上合成了许许多多球形的微粒，每一颗微粒将接收到的光负责反射出去，于是，许许多多的微粒在暗夜中聚合成了霓虹一样的光。应敏对回归反射原理并不关心，她怀疑手机窃听到了他们的对话，庆幸手机没有对他们嘲笑老腆的那些话做出任何回应。

"那果然就是他了。天啊，我还以为那个人不是他。"

"哪个人？"

早些时候的一个下午，应敏两只手拎着从超市买的菜，刚进小区大门，看到前边有个人，高高大大，像是在走路又像是在等人。他每走一步就停顿一下，好像走完一步便需要想好下一步怎么走。多看几眼，她才明白，他身体右侧其实是僵硬的，停顿是为了调整好身体，左边小幅度甩出去的手，要等一等僵硬的右边跟上。这样的老人她见过不少，不过他并不像他们那么歪歪斜斜，也没那么吃力，他的身板还挺得很直，运动款的衣裤精神抖擞。要是不注意，你只会认为这是一个在慢悠悠走路的老头，走那么慢只是因为路边有什么引起了他爱看热闹的兴致。她加快脚步，迅速超过了他。

"老腆中风了，走路不利索。"

"啊，太好了！"

应敏突然被吓了一大跳，朝秦烨背上重重地击去一巴掌，不假思索，如同被某种本能驱使。

他应该是认为又可以重新回球室打乒乓，才会冲口说出那样的话的，肯定是这样的。每次，应敏只要这么一想，就觉得这话没什么大不了的。就像在更早的一些时候，两只松鼠在树上打架的那天，她也是这么说服自己的。两个壮实的保安，穿过没放水的天蓝色游泳池，很快就会到达了，没准儿等自己穿好衣服、穿好鞋子，然后将门反锁好，下楼去到那棵树底下，那人肯定已经被保安抬走了。这些她没跟秦烨说，当时他们正在暴走，秦烨害怕说话影响了他的气息。她也就没接着告诉他，其实那天她从窗子下茂密的树冠里，找到了一个巴掌大的空隙，看见了那条黑色的运动裤，贴着两道白杠。她一看就知道，在夜色里它们会反出那种亮眼的光，尽管那时候，它们看起来只是两道普通的装饰。

应敏有很多机会说出这些。他们两个日日相对、夜夜并行，但他们后来始终没再谈起过老腆，仿佛那人已完全隐没在夜色深处。

这个平凡的世界 |

金杯太高了，酒柜根本放不下，除非放到最底下那层。但那层柜门是整片木板，放进去就等于藏起来了。是那种老式的两脚酒柜，里边没几瓶名副其实的酒，全是骆霞用玻璃瓶子浸泡的药酒，枸杞黄芩酒、胡椒根桂圆酒、肉苁蓉酒，还有最近在坊间流行起来喝的黑豆泡五度醋。瓶瓶罐罐，没有任何章法地塞着。唯一讲究的是，每只玻璃瓶身上都整齐贴着便签，上面写着时间、成分。赵似锦的钢笔字还是有锋的。

　　骆霞在客厅里看看，确认唯一能摆的地方只有电视机旁边。只要将那只常年插着一株万年青的花瓶挪走，金杯正好可以跟电视机齐高。

　　赵似锦没力气折腾了，听从骆霞的意见，挪走花瓶，将金杯摆上去。金杯太新又太亮，将老房子衬托得更寒碜。单看客厅，可以直接作为拍摄20世纪年代剧的布景，道具都不需人为做旧。脱皮的黑沙发，骆霞用几张印花棉垫盖上。餐桌、茶几、椅子……这些家具的陈旧也统统被花布遮掩了起来。因为铺盖的时间不一致，布的颜色花纹都不配套。这些家具，都是他们结婚时岳父提供的，多年摆放在那个位置就生下了根。他们家很少添置大件东西，东西堆多了会妨碍骆霞的行动，也可能是遵循一种不轻易变更的规则。电视机倒是新的。那种薄薄的液晶电视，五十五吋，机顶盒子、宽带盒子日夜闪着信号灯，好歹使这里有了点儿当下的痕迹。眼下，是这座大金杯带来了生气。

傍晚时分，赵似锦一进屋，骆霞和儿子激动地叫出声来。即使他们已经在手机上看到过这座被赵似锦高高举起的金杯，见到实物，他们才感到光荣和骄傲随之进了家门。那个装着三万元奖金的信封，骆霞并没有立即藏起来，像是另一座金杯，垒在饭桌上，直到吃晚饭时才收走。谁都不会想到，赵似锦坚持下来的一项业余爱好，竟还能赚钱。他们不再将赵似锦风雨不改出门跑步的习惯视为一种变态的养生方法，转而变成十年磨一剑的本领了。

骆霞要到菜场买只鸡来庆祝。赵似锦表示自己体能消耗太多，除了喝茶，任何东西都不想吃。骆霞坚持认为，今晚的饭桌上没有一只完整的白斩鸡和一杯酒，配不上客厅里这座金杯。儿子赵骆举双手赞成。于是，骆霞欢快地摇起轮椅，沿着家门口那条"落霞路"，一路滑下。他们家实在是太久没有高兴事了。骆霞加快速度，这种速度相当于她在"跑"了。轮子碾过几处残破凹凸的路面，颠簸幅度大，椅子倾侧，这些刺激引起她身体上一些愉悦。

一只完整的白斩鸡，会先被摆在供桌上，三炷香烧光之前，骆霞会跟桌上的爸妈汇报家中近期大事，有时报喜有时报忧。骆爸爸、骆妈妈去世多年，还在他们家里活着，并像从前一样具备决策的权力。他们给出的决定，统统经由骆霞转达。回忆一下，他们家最近一次的大事，竟然是赵骆填报高考志愿。三本的成绩，赵似锦的意思是选个职业学院，学点烹饪、机修、兽医之类的，掌握一门手艺，往后还能找口饭吃。但骆霞在一只完整的白斩鸡跟前，听到了她爸爸的意见，最后决定让儿子报了远在牡丹江的一所学校，金融管理专业。赵骆在牡丹江读了四年，除了带着一身入冬即复发的冻疮回来，看起来并没有学到什么名堂。至于金融管理专业，赵似锦认为，赵骆只会管理自己的支付宝，每月10号，准时将一张花呗账单截图发给他，后边偶尔会追加一个作揖的手势。赵似锦至今仍像还房贷一样供着儿子的日常开销。

隔着白斩鸡蒸腾起来的热气，骆霞指指电视机旁的大金杯，又将那个信封在手上"啪啪"拍打几下。她郑重地跟照片上的人报告："爸、妈，阿锦今天拿冠军了，全市冠军哦，还有三万块奖金……爸妈要好好吃啊，这是散养的走地鸡，鸡味够浓哦……爸、妈，喝一杯庆功酒。"两杯白酒缓缓洒在香炉里。赵似锦和赵骆循例在桌前叩拜三下，骆爸爸和骆妈妈就算吃完了。

"刚才，爸讲了，阿锦将来要去拿省城冠军的，以后还要去拿国家冠军。"骆霞笑眯眯的，把一块大鸡腿夹到赵似锦碗里。

赵似锦连吃鸡的力气都没有，他现在只想喝点水，或者咪两杯小酒，吃几根软软的通心菜，然后安静地睡上一觉。他把鸡腿夹到赵骆碗里。

"无功者无禄，一条蚝米大虫没资格吃鸡腿。"骆霞觉得赵似锦不领情，很扫兴。

"妈，省级的跑马要去省城跑，老爸路况不熟，没有优势。"赵骆把鸡腿在酱油碟里转了一圈，举到嘴边啃起来。

骆霞看得生气："那你呢，你的优势在哪里？"

眼看着战火又要烧起来，赵似锦不得不张嘴说几句："也不是没可能，跑步的人，只需要有路就行，关键看自身能力。"

"嗯，我觉得老爸状态越来越好。妈，你看，老爸一点肚腩都没有，身上全是肌肉。"赶在骆霞发火前，赵骆讨好老爸。这策略他驾轻就熟。

"你以为啊，这是十年工夫练出来的。你但凡有老爸十分之一的毅力就不错了。"

"妈，我也有毅力的。"鸡腿啃完了，赵骆吮吮手指。

"你倒是真有毅力的，是打游戏的毅力。"骆霞今天心情不错，不像平日，提到"游戏"这两个字就火冒三丈。

见骆霞心情好转，赵骆趁势讲起自己打游戏挣钱的计划，当电竞主播，打比赛、卖装备……头头是道、兴致勃勃，把骆霞都讲晕了。骆霞不信他那些，她已年过半百，从未见过一例玩玩就能挣钱的。现在，她不再认为，赵似锦独自出门跑步是撇开她去玩了。

赵似锦两杯小酒下肚，疲乏被酒精挥发掉了一些，有了点力气，话多起来。"其实也是运气，那个小伙子跑得挺专业的，进入西圩不到五百米，感觉他就开始出状况了。"赵似锦跟他们讲自己开始提速冲刺的那一幕。眼看小伙子在一个拐弯的地方消失，失去了参照，他有点焦虑，加快速度追赶。等他拐过弯，看到那小伙子已经躺倒在地上，三五个救护人员正从前方赶过来。就那样，赵似锦轻轻松松地跑过那个小伙子，最后按照自己的速度，冲破了终点线。

"你运气从来就不错。"骆霞的手搭在赵似锦手上，拍了几下。她的手指关节粗壮，无名指上戴着那只从没脱下来过的金戒指，看起来就像戴在一个男人手上。

"下次省际跑马，我在网上帮爸报名。省冠军，总得十万起步吧。"赵骆举起小酒杯跟赵似锦碰了一下。

"省际跑马，就没那么好运气咯。"赵似锦似笑非笑，咪下一口酒。

"肯定没问题，我们这里破破烂烂的路都能跑冠军，省城的路更好跑，说不定全程绿道。"

赵骆讲的似乎也不是没有道理。逆境往往成就人。飞人博尔特从小训练跑步，拿到世界冠军仅仅是为了教练提供的那盒免费午饭。在运动员身上，能找到许多改变命运的励志故事，可是他好像不记得跟儿子讲过几个。在这方面，他一直不能跟儿子深谈太多，即使像今天这样拿到一座奖杯，也没有更多可以向儿子炫耀的。十年前，他开始坚持跑步，仅仅出于锻炼身体而不是兴趣。进入中年，他意识到自己的健康得准备双份，一份给自己，一份给骆霞。他选择了跑步这项简单的锻炼方式。刚开始，他先是沿着西门街小路跑到河岸，一直向西跑。从小跑到长跑，越跑越远，越跑越爱跑，后来，他已经能从这里跑到乡下老家西圩去了。

　　孙少安和孙少平两兄弟，用平板车拉着秀莲回双水村过年。这些热闹的场面，赵似锦看得不耐烦。他有多年看电视剧的心得，知道大结局都不会太精彩，有的没悬念，有的很拖拉，但又忍不住要看完。这部《平凡的世界》一共五十六集，每晚两集。近一个月的追剧长跑到今晚，他发现自己从没像现在这么焦虑过大结局。

　　"少安，你笑，我跟着你笑；你流啥泪，我都替你抹……"秀莲对孙少安讲。

　　赵似锦眼睛湿润，从沙发上站起来，好在客厅只有他一个人。

　　"结尾太没劲了。电视剧都假。"他一边自言自语，一边揉着眼睛，好让自己尽快从难为情的投入里走出来。他从客厅直接走进儿子房间。吵闹声就是从那里传出来的。在双水村夜空燃起烟花那一幕的时候，他听到了骆霞尖锐的声音。

　　骆霞坐在赵骆的床上。赵骆坐在电脑桌前，背对着骆霞。屏幕少见地黑着。地面，拐杖竖一根，横一根。看来骆霞气得不轻，平时，她的拐杖会整齐地靠在一起，就像两根等待夹菜的筷子。

　　看到赵似锦，骆霞又掀起了新一波的叫嚷："你问问你儿子，说的还是不是人话！"

　　不用问，赵似锦都知道。儿子四肢发达，脑子进水。这结论不是骆霞的气话，是赵似锦总结的。从牡丹江毕业回来，赵骆几份工作都做不长，原因不一：薪水少，加班多，太受气，压力大……总之，宁可回家啃老。打游戏成本低，他对赵似锦说："老爸，给个盒饭就行。"这状态持续了快三年。

"崽啊，你打算打游戏打到过世？"赵似锦讲话无力，好像还没从电视剧的情绪里走脱。

赵骆佝着背，一动不动。类似这样的谈话，三个人最终都习惯了以沉默结尾。

骆霞没想到盼来的援军，竟是这样的哀兵。她望望赵骆弯弯的背，又望望对面软塌塌的赵似锦，眼泪说下来就下来了。

赵似锦把骆霞抱到客厅。赵骆习惯性地跟在后边，将地上的拐杖送到了客厅。

实话实说，除了迷恋游戏之外，赵骆没给他们惹过大麻烦，也可以算得上乖了。赵似锦看着儿子紧闭的房门，情绪越来越重，他要出门透透气。换下睡衣，他把衬衫整齐地扎进裤腰里，出门前还梳了一下头。他是一个整洁的人，就算出门买包味精，都不会像楼上老马那样，赤膊短裤说走就走。

西门街是老城区，夜晚比其他街区结束得早，就算是周末，窄路两边的摊档也会因生意寥落而早早收兵，只剩下路灯和野猫在聚会。赵似锦不会走太远，顶多沿着"落霞路"往返走几个回合。

这条"落霞路"，在百度地图里没有，现在大多数年轻人也叫不出它的名字。他们跑到这里来，坐在斜坡上拍些氛围照，会奇怪为何无端多出这样的一条路。当年，岳父把单位分的二居室给他们做婚房，为了方便骆霞，特意跟人换了一楼。房子建在北山脚的一座小岭上。在20世纪90年代初，这里可是黄金地段，在防洪大堤还没有建起来之前，可以躲过上街撵人的洪水。他们那栋工商局宿舍是岭上第一栋，无遮无挡，视线可以直达西江两岸。发大水的时候，西门街菜场被淹，他们从来不愁，菜农用箩筐挑着菜，翻过北山直接到他们楼前卖。虽说地势高是优势，但宿舍门口有道近百米的阶梯斜坡，骆霞小儿麻痹后遗症的左脚，挂着拐杖上下实在够呛，坐轮椅车几乎要绕过整座北山才能走到街面上。刚结婚那阵子，赵似锦每天背着骆霞上下阶梯，在众人眼里是很模范的。不过这场景没持续多久，岳父一当上局长，便立即为女儿跑关系跑出了一条路——在阶梯一侧，交通局硬辟出了一条"之"字形平坦光滑的人行道。道不宽，终点是西门北街，起点则是他们家门口。这条人行道当时在梧城是出了名的，人们有事没事跑过来看，私底下议论这条骆霞的路，说的人多了，也就成了"骆霞路"。某一天，赵似锦在《梧城晚报》新闻版上，看到一篇表扬西门街道卫生治理的报道，那记者想当然将"骆霞路"写成了"落霞路"。这名字印在报纸上，读起来挺美的。赵似锦就将这张报纸保留了下来，放在衣橱里。

那段日子，算是他们家最风光的时候了。赵似锦被岳父安排在西门街储蓄所，三年后提拔成副所长。儿子出生后，骆霞从原来的五金厂工会调到残联，每天，摇着轮椅从落霞路上下班。儿子开始学走路，赵似锦就牵着他在落霞路上上下下，就像是他们的家延伸到了街上，很是惹眼。附近居民背地里骂当官的仗势霸道。赵似锦为人亲和，嘴巴勤快。人们觉得他看着清清爽爽，偏要做个上门女婿，"嫁"的又是个残疾人，着实可惜，如此对照一下，心态便逐渐平和。那些不愿意爬楼梯的人也会踩进落霞路走走。小孩子们最爱这条路了，让李木匠用边角料给打个滚轮小车，屁股坐在木条上，一溜到底，两只脚往地面一撑，刹车。儿子赵骆长大一点，吵着要坐骆霞的轮椅，就算吵翻天，骆霞也绝不会让儿子坐轮椅摇进落霞路，这画面会让她心惊肉跳。赵似锦就给儿子买一辆黄色的小鸭子滚轮车。礼拜天，骆霞摇着轮椅在前，儿子坐小鸭了车居中，赵似锦走在最后。一家三口，从落霞路走到西门街市上，逛逛嗺啰街，一人嗦一碗牛腩河粉，又几块酸木瓜，最后买盒鸡仔饼带回家。每当回忆起这些，骆霞都会感叹好日子太少了，她宁可赵骆永远停留在那个年纪。

赵似锦慢吞吞走在落霞路上，脑子里想的净是《平凡的世界》。那都是些什么感受，他说不太清楚。他只读到初中毕业，四大名著只读过《三国演义》和《水浒传》，年轻时还陆续看过金庸的几部小说。他喜欢看电视剧，很容易牵挂上里边的故事，跟着角色动感情。他实在不理解这部电视剧为什么取名"平凡的世界"，在他看来，剧中的每一个人都活得比他不平凡，他的生活世界才应称为平凡的世界。想来想去，他习惯性地去求助百度。掏出手机，输入《平凡的世界》，跳出的是一本书的名字，又在《平凡的世界》后边加上"电视剧"三个字。没想到，竟然有那么多人在讨论这部电视剧。他随便点进了一个贴吧，翻几屏，有人讨论故事情节，有人评价演员的演技，还有不少是在讲自己的个人经历。他看得津津有味，索性就坐在阶梯上，脱只鞋子垫到屁股下，坐在那里一屏一屏地看。

整部剧中，赵似锦最在意的人物是孙少平。从他拒绝曹支书当上门女婿以换取城市户口的那一集开始，赵似锦就格外惦记他，暗中期待他在剧中比谁都过得好。可是，越看越沮丧。孙少平真正喜欢的女人死了，他想靠自己的努力改变生活，却又被矿难毁了容貌，运气使他捡回一条命。赵似锦不满意这样的安排，依他的期望，孙少平最终应该获得成功，就好像他们这里的刘水仙一样大富大贵，至少，要比自己的现状好。他不自觉地拿自己跟孙少平比较。二十四岁那年，他的选择跟孙少平不一样。在一个蝉噪的中午，他身穿簇新的白衬衫、黑长裤，脚上穿着一双还在磨脚的皮凉鞋，坐在班车最后一排木凳子上，瞥见窗外闪过长平镇进入梧城的界碑。媒人领着他，走过工商局大门口两只石狮子，坐在骆明德敞亮的办公室里，像谈公事般谈妥这门婚事。骆明德的要求不高，只强调一条，必须脚踏实地照顾女儿，至于事业，只能排在第二位。跟骆霞结婚后，就算赵似锦喝酒喝到脚踩浮云，只要听到骆明德类似这样的话，也会条件反射般站稳了，挺胸承诺。此后的生活里，他无数次想起那个盛夏的中午，必然连带着记起阿娟在送别他时说的那句话——你这是重新投胎，做了城里人。直到今天晚上，他才深深悟到，原来这句话，是有多么歹毒。

骆霞老生常谈，逼迫儿子出去找工作。赵骆不耐烦了，朝她大声嚷了一句："挣那点钱，有什么用？我下辈子投胎去刘水仙家得了。"如果不是行动不便，骆霞肯定会冲过去甩他一个耳光。

"不要等下辈子，你现在就爬上顶楼。不过，我们家是一楼，你还是跳到我们家啊，我看还是到城西的国盛大楼跳比较保险，但也不保证就能投到刘水仙家啊。我建议你在胸前挂个牌子，写上：我要投胎到刘水仙家。"听起来，骆霞更像是生刘水仙的气。

在他们这里，几乎没有人不知道刘水仙。从种植罗汉果开始，她白手起家，慢慢做成了梧城的支柱产业，旗下涉及房地产、食肆、交通，后来但凡新开发的领域都有她的名号。有一段时间，《新闻联播》尾音刚断，全国人民都能听到刘水仙集团的广告的声音。好些年前，在菜市场，有人指给赵似锦看那女人，样子再普通不过，又矮又瘦，倒是鼻头圆圆，让人觉得呼吸都带着福气。因为她是刘水仙，他就站定了多看几眼，见她拎着一只袋子，当中竖起一捆芹菜，叶子从袋口凌乱地挂下来，显得很狼狈。他认定她不是那种家务能手。前些年，刘水仙把公司总部迁到北京，人们就只能在新闻上看到她了。渐渐地，她对这里的人来说，因为差距太大而丧失了励志的效果，人们只会在嘲讽某类人过于不切实际的时候才会想起这个名字。

赵骆说出这句话，赵似锦并不觉得意外，也气不起来。儿子的前途，他起不到一点作用。儿子多次给他讲起他那几个同学，被家人安排得妥妥的，混得很不错。他听了只能沉默以对，暗自生出对儿子的亏欠之意。岳父在位时患了肺癌，拖拉两年告别人世，再不会有人听到他从一张照片里做出的决定。新世纪之初，大多数的储蓄所都面临合并升级，手工记账的存取业务也很快被电脑代替。赵似锦学习能力一向不好，加上整个心思都用在照顾骆霞和儿子的身上，对付这些新技能自然比别人慢上好几拍，到现在他连五笔字型口诀表都记不全。储蓄所撤销后，他这个副所长被分流到银行的西门街营业所，每天站在大堂引导客户。遇到有保安请假的时候，他还得顶班值夜。他早就对儿子承认，自己就是一个毫无能力的平凡人。

赵似锦不止一次想过，如果当日他做出了跟孙少平一样的选择，结局又会怎么样。他能够确定的是自己还在西圩村，耕田或者养走地鸡，跟自己的妹妹、妹夫们一起承包鱼塘和果园，赚到一些小钱，够维持生活。当然最大的可能是会跟阿娟结婚，生下两个小孩。他早就知道了，阿娟现在过得很滋润，大儿子在深圳赚钱，小儿子在上海读大学。西圩村最醒目的四层小楼，是她大儿子造的。赵似锦清明回去扫墓，看到过那座红墙小洋楼，前庭两根又高又粗的罗马柱，上边攀爬着灿烂的喇叭花。最引人注目的是，小洋楼一侧外墙的那段楼梯，从一楼盘旋到顶层。他们在屋子里装了电梯。这段楼梯平时不走人，功能等同于城市高楼里的防火通道。阿娟的小洋楼一度成为新农村建设的成果，村领导不时带着一拨一拨人进去参观，乘坐屋内的那部四层楼电梯，至于屋外那段螺旋式楼梯，作为亮点，是阿娟老公回答问题的一道必答题。据说，西圩村民就是在阿娟家里第一次认识到鞋套这种东西的。

他没走进过那幢小楼，跟阿娟没任何联系。他知道她当初很喜欢他，他也喜欢她，但他年轻的时候只想离开西圩村，城市是他朝思暮想的梦中情人。直到两年前，他才将阿娟的号码存在了自己的手机上。她来他上班的地方办事，要不是她开口喊他，他几乎都认不出来她。她胖得快有两个骆霞那么大了，上身一件阔大的大红衣服，下身黑色的长裙都快拖到地面了。她是来开卡的。那个会赚钱的大儿子，在西门街盘下几个临江商铺，计划打通了，搞个老码头怀旧茶楼，由他们夫妇协助小儿子一起具体经营。

"已经准备得差不多了，我就想着在附近的银行开个卡，代扣店里水电煤这些杂七杂八的费用。没想到你在这里上班，真是巧……哎呀，你知道的，这些碎钱，最烦管理的。"他们认出对方之后，一直都是阿娟在唠唠叨叨，赵似锦只有听的份儿。

她从肩上那只发亮的大皮包里取出身份证，请赵似锦帮忙操作。帮助那些不熟悉流程的客户是赵似锦的一项服务工作。他将她的身份证放在叫号机的感应器上，手指一下一下触碰着电脑屏幕。在等待叫号纸从窗口滑出来之际，他瞥了一眼躺在那里的身份证。照片上的阿娟已经完全没有了记忆中的模样，倒是跟眼前的这个人很像，应该是新办的证件。"梧城长平区西圩街道"，这个地址完完整整印在照片下方。长平镇划归为梧城的一个区之后，西圩村民的新身份证上自然就都印着这个地址。谁能想到，三十年之后，阿娟和他都是一样的城里人了。长平区紧邻北山区，西门街道与西圩街道相隔四十七公里，比一个全程跑马只多出五公里，他只要下决心就能从家门口跑到那里。

"阿锦，有空多回来看看啦，现在很方便的。"送阿娟走出营业所门口，她跟他客套了一下。

"回的，我跑步时，经常跑回去的。"他不知道自己为什么会说"经常"。

"啊？那么远，跑回去？"

"是啊，我很会跑步的，跑很多年了。"他下意识地挺了挺腰。

"这么厉害，那得要跑多少公里才到西圩？"

"四十多公里，准确地说，是四十七公里。"

看到她被吓住的表情，他心里一阵高兴。他请她留下电话号码。"下次再跑步回去，给你打电话。"

不过，就算今天他在西圩街道，接过了主办方颁发的那座大金杯，他也没想过拨一下那个号码。

"世事难料，人生无常，这就是平凡的世界。"一个匿名的网友在评论里只贴出了这句话。路灯下的赵似锦忽然愣住了，像是他找了一晚上终于找到了自己想说出来的话。他站起身，往阶梯下快步冲下好几级，感觉到一只脚冰凉，又回去将那只垫在屁股下的鞋子套回脚上。

如果人可以选择重新投胎，没准儿他也会同意赵骆。他被自己这个想法吓了一跳，立即打住。借着昏黄的路灯，他慢慢往回走，右脚指头被绊了一下，他低下头去看，那个地方补上去的水泥有点鼓起。"阿锦，门口这条路以后你得自己管理起来。"在病床上，岳父对他反复叮咛。果然岳父过世后，再没有人来维护这条路。赵似锦就买了套抹子，隔一段时间会去工地讨点混凝土，铲铲、抹抹，新疤旧痕，斑斑驳驳。他把轮椅推到那些疤痕上试试，除了轮子摩擦时有点干涩，并不会感到颠簸，确定轮椅不会侧翻。他打算明天再去弄点混凝土重新修补一遍。他低着头，一路检查到自家门口。


客厅只留了走廊的一盏小夜灯。那座大金杯在暗处精神抖擞，像是在给他等门。赵似锦心里莫名感到一阵温暖，走过去摸了摸它，坐在它正对面的沙发上，复盘一下白天那场跑马。想到那个摔倒在地的小伙子一定很懊恼，他张开口跟那大金杯讲："唉，到处都有世事难料的，这个平凡的世界。"他晃晃脑袋，觉得自己有点理解那剧名了。

他看了一眼赵骆那扇紧闭的房门，那里边一点声音都没有。他走进卧室，看到床上已没了手机闪动的光影，以为骆霞已经睡着了，轻轻掀开被子，还没等身子躺平，听见她在黑暗中发出一声冷笑："哼，刘水仙。"赵似锦知道她还在生儿子的气，伸手进被子里揉捏她那只变形的左脚踝，"小孩子的气话，你还当真啊。"骆霞不接话，好像赵似锦的手是在抚摸着自己的头和脸，是在为她擦眼泪。

"我跟你讲啊，如果我是个男人，赵骆还真有可能就成刘水仙的崽了。"

"深更半夜你说什么梦话。"

"真的，阿锦。你不知道，当年刘水仙刚办罗汉果厂的时候，就悄悄跑去找爸爸单位里的人，问骆副局长家有没有儿子。哼，可惜我是个女的……要是我有个哥哥或者弟弟就好了……"

赵似锦懒得搭理她，把身子侧到床另一边，心里盘算着明天是到校场路工地还是到碧云广场的工地去讨点混凝土。

不知道骆霞还在想什么，时不时叹出一口长气。

如果有意用耳朵在这安静的夜晚去找，他们能听到后边北山动物园里那只东北虎的叫声，过去还能听到狮子吼，猩猩们打闹的尖叫。作为小城唯一的一家动物园，节假日大人们必定会带着小孩子来看孔雀开屏，给猴山上的猴子喂饼干，让长颈鹿低下头来吃孩子手上的草，玩累了就在草地上铺块塑料布，一家人坐着，吃自带的干粮。过去，他们当北山公园为自家的后花园，只要赵骆一吵闹，抬腿就带他去看动物。后来游乐场多起来了，游戏厅在小城遍地开花，来看动物的孩子越来越少，他们这种优越感荡然无存。据说，为节省成本，公园将大部分动物卖到省城，有的去了大动物园，有的归了马戏团，只象征性地留下一只见人就躲的东北虎、一头老将脑袋埋在肚皮上的棕熊，还有几条终日在水里睡觉的鳄鱼。至于曾经囚着动物的那一个个铁笼，被简单修葺了一下，当中砌个水泥灶，做起烧烤生意。赵骆曾畅想在那里开个啤酒铺子。但很快，整个动物园就被刘水仙的一个亲戚承包下来，"大自然烧烤城"的霓虹灯彻夜闪烁。

赵似锦好像隐隐听到那只东北虎低沉地哼了几声。再听听，又觉得像是从隔壁赵骆房间传出来的。

"阿锦，你说刘水仙究竟有多少钱？"

赵似锦不吭气，装睡，一睡就睡到梦里去了。他还在跑步。一条看不到终点的小路，两边的马蹄甲树上开满了粉红色的花。他边跑边看花，也不觉得累。那路的拐弯逐渐变多，弯越来越密，他在拼命转圈，根本停不下来。最后，他的脚一阵抽搐，整个人跌到地上。

抽筋的是他的右小腿。他从床上坐起，用手扳起脚趾拉向自己，悄无声息地等待这阵抽搐消退。

"左边，左边，我 ×，你快爆破。"赵似锦这下听清楚了，赵骆在房间里呼叫他的队友。

"嗷呜，又挂了。"一声激烈的怪号。

赵似锦想冲进他房间骂骂他，可是小腿那里始终像有只手在扯着他，肌肉被拧得死死的。他还得保持着这个扳脚的姿势。

献给克里斯蒂的一支歌

克里斯蒂对我唯一的一次拜访，是个礼拜六的下午。她的穿着跟平时上班风格不一样。裙子是裸色的，上边嵌着星星般的碎花。那本《圣诞忆旧》就压在那些碎花上边。那时候我们并不熟悉，我刚进公司不到三个月，而克里斯蒂已经在公司换了四个部门，第四个正好就是我在的那个部门。"萨宾娜，周末有空去你家玩？我租的房子也在环市东路上呢。"说实在的，对她的来访，我一点心理准备都没有，就好像我还没适应"萨宾娜"这个英文名一样。

　　是这样的，我们公司是一家外企，整个公司不见得有几个外国人，但每个人都必须要有自己的英文名，类似工号或者代码。我们得像背单词那样记自己的同事，没有一段时间是记不过来的。这里最资深的那个保洁阿姨，在讲大老板坏话的时候，也会说："杰姆很风流的，换女朋友比我们换卫生间的擦手纸还勤。"这个保洁阿姨最爱讲老板们的八卦。据说，她曾经被大老板当众逮到将只用了一半的擦手纸换下来带走。别看公司里大家都穿着正装，一本正经，彼此都保持着一定的距离，其实各种小道消息、八卦传播得很快。在茶水间遇到几个人，挤眉弄眼地问我："萨宾娜，克里斯蒂去你家谈心啦？"我都还没能背出他们的英文名，他们居然能知道礼拜六我家发生了什么事情。

　　克里斯蒂的来访并没什么目的，只是对同事中感觉气味相近的人做一次"投石问路"。她坐在我家那张沙发上，喝着我给她泡的铁观音，不时拈起碟子上的一粒葡萄干或者脆杏仁来吃。她给我带来的礼物，就是那本《圣诞忆旧》。她一多半都在讲这本书怎么怎么好，哪里打动了她。我没看过这本书。她的介绍也很凌乱，很没重点，一会儿讲这个离异家庭长大的作者卡波特跟父亲的关系，一会儿又讲卡波特身边一直相伴的那个独身老女人。看起来她真的很热爱这本书。"你一定要看看这本书，里边那个叫苏克的女人，带着这个小男孩，圣诞节用辛苦攒起来的钱买材料，做各种口味的蛋糕，给左邻右舍一家一家地送，还突发奇想给总统寄了一个，她难道指望总统能解决她的独身问题吗……"说到这里，克里斯蒂哑然，晃晃脑袋，似乎想起了书里那些有趣的描写。"这个苏克，很 Sweet 的。"她几乎是笑着补充了这句话。我礼貌地报以一笑，并看向她。没想到，她的眼里竟然闪着泪光。我觉得有点尴尬。毕竟，我们那时在公司还没说过几次话。那一次看到我办公桌上那个切·格瓦拉头像的小铜笔架，她就停在我那张办公桌前，拿那笔架看了又看，说她家有一只切·格瓦拉头像的 CD 架（音像架），看手法很像是同一个人做的。接着她就说，要来我家玩会儿。

　　显然，她是想跟我走近的。她打算离开我家之前，礼貌地问我："以后有需要我帮的尽管说啊。"她环顾一下房间四周。这间不到五十平方米的单身公寓，我只租下了一年，并没打算长住的，所以弄得很简陋，东西堆堆塞塞也没个章法。

　　"啊，想起来了，现在就有需要你帮我的。"我走进卧室，从壁橱里抱出一张棉被芯。"烦死了，这个世界上我最讨厌的事就是一个人套被子……"我一直抱怨个不停。从上大学到毕业工作，我还算是个蛮独立的人，找工作、租房子、搬家……这些都是我一手做完。可是，套被子这件事着实让我烦心，两只手对付八个角，大半个身子从被套口里钻进去，对齐前边四个，又游回来对齐后边四个，人钻出来，一扯，前边那四个又跑偏了，不得不又钻进去……如此往返几轮，勉强使得四角两两相对，最后拎起两边，高高站在床上，一阵狂抖乱颠。此时人已经披头散发，或者说怒发冲冠了。

克里斯蒂不需要我帮手，她说要示范个标准动作给我看。只见她把长丝裙卷上大腿，在右侧打了个蝴蝶结。实际上她是虚张声势了。她轻盈地将被子在床上展开后，叠成春卷状。她坐在床沿边，跷起二郎腿。她的腿型很匀称，直而且白。除了偏瘦，她其实应该算是个美女的。她慢条斯理地将那整条"春卷"像酿肉一样，一点点塞进被套，手跟进被套里摸索几下。人再站起来，两手各捏着一侧，朝天空一抖。被子做一次优美的波浪运动，跌落到床上的时候，芯和套已是骨肉不分离。最后，她沿着床四周巡视一圈，四角各拉扯了一下。完成。

我像看一场表演，眼睛都没眨一下。

"以后你也会的，慢慢来。" 克里斯蒂从容地解开那个蝴蝶结，长裙纷扬散开，很仙的样子。

这就是我跟克里斯蒂的不同之处，当然，也是克里斯蒂跟很多人的不同之处。我是这种人——从小开始，喜欢吃西瓜就发誓要嫁个卖西瓜的，喜欢吃麦当劳又发誓说要嫁个开麦当劳的。为了摆脱一个人套被子这件烦心事，我已加快了找男朋友的进度。实际上，没多久我就谈恋爱了，并且我们很快住到了一起。套被子这种事自然就解决了。

克里斯蒂没再到过我家。

在我们这种外企，人和人之间本来就不容易走近。看起来我们共用一部电梯，其实我们每个人就是独立的一部电梯，升职、加薪、跳槽、"炒鱿鱼"，这些，是每个人的楼层，"叮"，门开那么一下，十五秒后，关上。能者居其上，能上者捞大世界。在办公室里，我们除了完成手头上的工作外，也会扎堆研究研究"能"这门学问。按照公司的升职定律，一般在三个以上部门待过的人，必然存在很大的上升可能性。比方说，那个复旦大学毕业的丽莎，五年内，从销售部跳到公关部，接着跳到人力资源部，据说，年底的迎新年派对，就要宣布她当副总了。这个消息今天早上从庄森嘴里走出来，简直就像开香槟的那一声"嘭"，很快，言论像泡沫一样止不住，流窜在我们这个单元层里。

"丽莎？1982年生的，比我还小三岁，凭什么？"亚力克愤愤不平，扯松了他的领带。

"早预料到啦，只有蠢人才想不到。她每换一个部门都升半级，钢琴家的手都没她那么快。"庄森不到四十岁，却过早地出现了中年胖。这种体型在公司被判决为"失觉型"，迟钝、难爬、濒临放弃。相比那些弹跳力强的精干型人才，"失觉型"唯一的优势就在于，他们跟公司的转椅结下了深厚的友谊。他们能熬，就算熬得胖胖的也不会离开椅子半寸。

"切，滚床单嘛，爱滚就会赢。"满脸雀斑的翠茜出了名的心理阴暗。在她看来，一切的成功都是交易，女人用身体埋单，男人则用金钱。

整个午休时间，他们都在研讨关于"滚床单"的学问，顺带还议论了公司其他几个以此"著名"的女人。我只有听的份儿。

其间，我看到克里斯蒂端着一杯冒着热气的咖啡，轻轻地从我们的圈子走过。那股香浓的咖啡味，过了很久才散去。

"美貌在公司就是升职器。杰姆那么好色，什么类型都不拘的。"接着他们又议论起了那几个红人的美貌特质。听上去，理论，翠茜都研究得很透了，就是没有实践的能力。"唉，说到底，很多能力是天生的……"翠茜摆摆手，一副怀才不遇的委屈。大家都没接话，眼看这个话题就乏味了。

"唉，也不绝对的吧，资历不是也很重要吗？"我想把这个令翠茜伤感的话题引开。这是我的优点。满一年见习期的时候，部门鉴定是这样评价我的：具有良好的工作素质和团队合作精神，性格开朗，善解人意。我对我的男朋友炫耀说，你看看我的人品！他很不以为然。他早就说过，我是个利己主义者，不过，他喜欢我，就在前边加了个时髦的形容词——精致的利己主义者。为了消除我的愤怒，他又说，我也一样，我们都是精致的利己主义者。没有什么不好的，只要不是个损人利己主义者。我和男朋友相处得很好。

果然，翠茜不伤感了，现在，她把伤感投放在了克里斯蒂的身上。一谈资历这个话题，就必然会谈到那个老员工克里斯蒂。

据说，克里斯蒂已经四十多岁了，每换一个部门，列入电话通信表格里，她的名字总出现在倒数的末几位。可是，从没见她有任何不满情绪。

"她不在意这些职位啊薪水啊什么的嘛，反正她一人吃饱，全家不饿的。"我真是这么想的。

"怎么可能不在意？她又不是上帝！"胖子庄森似乎在说自己。

"嗯，我想，是价值观吧。她看重的东西不是这些。"不知道为什么，那次克里斯蒂的拜访，一直留在我心里。她的膝盖上摆着书，眼含泪光坐在我的沙发上。这个镜头是那么文艺。在我眼前，这么特殊的镜头从此再没出现过了。在某些无所事事的礼拜六，我也曾冒出过是否要对克里斯蒂进行回访的念头，我也可以轻松地走到她的办公桌旁说，克里斯蒂，这个礼拜六我去你家玩玩？我还没看过你那只切·格瓦拉 CD 架（音像架）呢……可是，这些计划经常会被一次次"消消看"游戏的方阵冲散。

年末的迎新晚会，主题是"bling bling"。大老板杰姆给员工群发邮件说，今年公司取得了好业绩，跟诸位的努力是分不开的。在我的眼里，你们就是一颗颗闪亮的宝石，希望在新的一年里，你们继续散发魔法的光芒，照亮自己，同时照亮他人。公关部的同事敏感地在他的邮件中注意到了"bling"这个词，于是，晚会上我们都被要求穿得像一颗颗闪亮的宝石。我那件黑色小礼裙，胸口上是一只用珠片拼缀成的大蝴蝶，灯光一照，他们都说，萨宾娜，我想变成那只蝴蝶。那只大蝴蝶趴在我足够辽阔的胸口，胖乎乎的。克里斯蒂对那些闪亮的材质发生了兴趣，用手捏了捏珠片，说："哇，起码得用一千片吧？"我打量一下她，差点没笑出声来。她还穿着最常见的那件白衬衫裙，腰上系了根细棕色皮带。但她确实很"bling"，因为她头上戴了一只会发光的发箍，上边的皇冠一闪一闪，就像圣诞树上的彩灯。

"克里斯蒂，这玩意儿会唱歌吧？"我还是没忍住，笑了。

克里斯蒂很惊讶，问我怎么猜得到的。实际上，这种发箍，我在环市东路的夜市摊上，看到过很多回。那个小贩总在示范给扯着大人裤子不愿意离开的小女孩看，拨一下发箍后边的小开关，皇冠就跳啊跳地闪了，再拨一下，音乐就响起来，是那种熟悉的洒水车的音乐。克里斯蒂让我转到后边去，看藏在头发里的那个小开关。她就是在那里买的，本来十块钱一个，她说服小贩，二十块钱，买下了这个，还外加一个老毛的肖像图，开关一拨，眼珠子会转动。

"是的是的，我见到过的，还会讲那句：'中华人民共和国成立了。'"

克里斯蒂频频点头。她告诉我，在世贸会期间，要五十块一幅呢。克里斯蒂还想说点什么，会场响起了掌声。只见舞台上，杰姆这个"鬼"挺着沉重的大肚子走向了话筒。

庄森的情报很准。丽莎果然被宣布为副总。她穿着一袭华贵的超短旗袍登台，银光四射。整个晚会上，就她一个人穿旗袍了。我想翠茜肯定又会说："看吧看吧，我没说错吧，全世界都知道杰姆是个旗袍控的，说不定这旗袍是杰姆送的呢。"

丽莎上台发言，胸口都要碰到话筒了。她先说了一堆感激的话，说到后边，竟然哽咽了，不断向大家说抱歉。就在众人等着她整理好情绪说下去的时候，忽然，一阵嘹亮的音乐响起，仿佛一辆洒水车撞进了人群。

大家一起朝声音的方向看去，只见克里斯蒂正扯起头发，用手摸索她的后脑——那个开关大概失控了，音乐响个不停。此时，不知谁带头笑出了声。我竟没想到去帮克里斯蒂搞定那该死的开关。

克里斯蒂在众人的目送之下，穿过人群，朝安全出口方向走去。

"洒水车"开远了，逐渐消失，等到完全听不到的时候，刚开始还星星点点"bling bling"般的笑声，变成了一阵集体大笑的高潮。我也笑了，杰姆在台上也笑了。只有那个刚才还哽咽着的丽莎，不知该摆出什么样的表情。

本次新年晚会最为"bling"的，不是那个哽咽的大胸脯丽莎，当然也不是趴在我胸口的那只大蝴蝶，正如大家所传来传去笑话的，是那辆"洒水车"。翠茜笑得气都要背过去了，她说现在只要一听到街上的洒水车的声音，就会想到克里斯蒂的发箍。最让翠茜拍手称快的是，她看到那个丽莎站在台上，比克里斯蒂显得还尴尬。

"嗨，克里斯蒂，你是故意的吧？"翠茜打趣地问。

克里斯蒂刚进办公室那扇玻璃门，面无表情地走向自己的座位。我们注意到，她的短发下，伸出了两根白线，一根沿着她的肩膀垂挂下来，一根从她扁平的胸口横穿，最终都归入到了右边的那只口袋里。

那口袋里边到底有没有一支歌曲在播放，我们不得而知。

后来，我在下班路上遇到克里斯蒂。她换了双平跟鞋，走得慢悠悠的，被裹挟在方向一致的人流当中。她的短发下，也挂着两根白线。我赶上她，拍拍她的肩膀。她整个身子神经质地抖了 下，就差要喊出声来了。她摘下耳机后，才向我笑笑，好像戴上耳机之后，她谁也不认识似的。

从我们上班的地方到华侨新村，不到两站路。我们并肩一起走。

"这样走路不安全。"我指了指她的耳朵，"这条路上，很多小偷，抢包，或者用刀割手袋，我就亲眼看到过。"

克里斯蒂歪歪嘴角。这笑容让我觉得刚才的话很多余。

"那感觉很好的，你的耳朵被音乐塞住，你眼里看到的东西，成了电影画面，就好比，嗯，你给这个世界在配音。你看，酒店门口那两个人在吵架，你可以认为他们是彼此热情地抢着付账呢……"克里斯蒂热情地笑了起来。

我早就说过，克里斯蒂应该去搞艺术，或者当作家，最起码应该去报纸杂志写写专栏什么的。她总是那么文艺。

好不容易将话题转到公司，我们才算有了些共同语言。在嘈杂的人群里，我们聊得像挤牙膏。我们从那个新年晚会聊到那个被"洒水车"冲乱了的丽莎。

"凭什么呀，她那么年轻就当上副总了。"我愤愤不平地说，还传达了那些关于滚床单的议论，期待引起克里斯蒂一丝的共鸣。

"这跟年龄没关系，想要得到什么，努力做就是了，关键是要想清楚。"她还是那么平静。如果不是那个赶路的男人，手表撞到了她的手臂，她的眉都不会皱一下。

"想清楚就可以了吗？总还得想想别的什么吧？比方说，呃，道德感……"我对丽莎的升职一直义愤填膺，甚至还有——羡慕嫉妒恨。克里斯蒂的反应让我有点心虚。

"嘿，道德感……"克里斯蒂像跟一个老友打了声招呼。

快拐进华侨新村的时候，人群在天桥的东西两侧得以分流，我们走的是东边。人少了，华侨新村的阔叶榕一棵接一棵地迎面而来。克里斯蒂伸出了左手，眼睛并不去看那些树。那一棵棵树都准确地拍到了她的手。

"萨宾娜，我在这里一晃就快十年了，简直有点可怕。"克里斯蒂轻轻叹了口气。

"克里斯蒂，你都没想过跳槽？"我的意思是，克里斯蒂在公司真的没前途。

"跳去哪里？我是个没 File（个人档案）的人，去哪里都一样。"

我停下了脚步，睁大眼睛，看着她。

克里斯蒂也停下来，看着我，耸耸肩，好像感到对我隐瞒这些有点抱歉。"这不是个秘密。我跳槽来公司，就没带 File。"

公司里总是有些不知道什么时候约定俗成的说法，有的东西，我们会直接用英文称呼，似乎它们的西方制式，在中国是无法转换的。例如，把录用书称为"Offer"，把命令称为"Order"，个人档案呢，就直接称"File"。克里斯蒂嘴里吐出这个单词，那么轻描淡写，好像 File 是只小猫咪。

我的脑子开始转个不停，脚不知道什么时候开始跟着克里斯蒂迈开了。我们又沉默地走了一小段。我想的更多的是，克里斯蒂来公司前，发生了什么？一个不要档案的人，等于前边的那些人生，白过了。

"那是为什么？"

"萨宾娜，你今年多大？"克里斯蒂没头没脑地问我。

"二十五。"

"真是个小朋友，有些事发生的时候，你还没出生。"克里斯蒂摇摇头笑了，又忽然挽起我的手臂，拉着我大踏步朝前走，就像要甩掉身后某个咳嗽鬼。

在一个十字路口说过"明天见"后，很快我又转回身，从她的背后看去，短发底下又垂下两根白线了。好在，这条小路很安静，周围只有几个拎超市袋子的女人在走着。隔着十来米的样子，我仿佛能听到她耳机里传来一阵音乐。

我悄悄地去问过庄森，他是我们公认的"资讯台"。庄森的"情报"也不多，只知道克里斯蒂跳槽来公司的前一份工作，是政府的某个文化部门。

"公务员？"我吓了一跳。克里斯蒂哪一点像公务员？她充其量像个懒散的小职员罢了。

"就是因为不像才跳槽的嘛。"庄森不喜欢我一惊一乍的样子，总爱摆出个老资格来压我。

"不知道她怎么想的，公务员好难考的哟。" 我撇撇嘴。

"嗯，公务员也不见得那么好。没上升空间的公务员，没地位也没实惠，还不如到公司，像我一样。"庄森习惯地又开始"审人度己"了。

我猜当年克里斯蒂一定没想清楚，头脑发热，什么都不要，一跳了之。

比起克里斯蒂的档案问题，我更多地纠结于她那个公务员的职务。事实上，我还为此跟我的男朋友吵了一次。

那天，男朋友下班回家。那件生日时我下血本给他买的HUGO（雨果）西装还没来得及脱下，我们就吵了起来。我先是跟他说起克里斯蒂的事，然后说到我的一个念头——要不要我现在去考公务员？事关于己，男朋友马上从一个聆听者变成了一个辩论者。他从公务员的现状开始谈，谈到假设我现在是个公务员，要经历怎样的奋斗历程。他讲的关键在于——你知道，公务员的职位不是争取来的，是等来的，你怎么知道你就能等到？

男朋友是清华大学毕业的理科生，口才却不比文科生差，我自然辩不过。可是，我的脑子并不是一时发热。除了因为在公司太辛苦，经常需要加班加点完成项目之外，更重要的是，我还有一个失败的秘密——当年同宿舍的八个女生，有五个都考上了公务员，我作为落榜者，才找到现在这家公司。一种莫名其妙的耻辱感，让我到现在还不愿意去参加同学聚会。他压根不知道我这个秘密。这家伙一毕业就毫不犹豫地进了现在这家很有实力的评估公司，哪里能体会到我的纠结？

我没有退步，念头依旧执着，大有你管不着我的姿态。

说不服我，男朋友转而开始讲考公务员之难。你知道吗，现在每年

"国考"近一百五十万人，这是什么概念，比考清华北大难多了。你想考还未必能考上呢！

这番话让我变成了一个泼妇，不管三七二十一，就是要考，就是要考。我这个样子，他并非少见。多半是在我想要买一件东西，二人意见不一致的时候，我会使出这招，每每令他屈服。

可是这次他没屈服。他扯下那件裁剪得体的西装，挂到衣橱去了。他的腿很长，就像韩国电视剧里的那些哥哥。这是我喜欢他的一个重要因素。我看着他的背影，气有那么一点消，想从后背抱抱他。事实上，考公务员只是克里斯蒂带来的一个念头而已啦。

他换了家居服从卧室出来，斜靠在沙发上，长腿搁在茶几上。

我趁势坐在他的长腿上。

"最近公司很累？"他把我抱到怀里，放低声音。

我习惯性地开始撒娇。发了公司一大通牢骚之后，我讲到那个坐"直升机"的丽莎，我竟然难以控制地愤怒，也不知道眼泪从哪里来的。同时，我对自己有那么一点惊诧，潜意识里，我原来竟如此在意丽莎的升职，甚至还感到了委屈。

"你都不知道，她们多半都是靠滚床单！"我在"滚床单"这三个字加重了语气。

"那有什么用？升职有什么光荣可言？谁爱滚就让她滚呗。"男朋友抚摸着我胖乎乎的胸部，试图平息我的愤慨。

"月薪翻倍啊！这太不公平了，难道，难道我也得去滚床单？"话一脱口，我就有点后悔了。

果然，我的身子马上受到了重重的一顿，整个人被扔到了沙发上，额头磕到扶手上，带来一阵疼痛。我就势把脑袋埋在坐垫里，屁股向上翘着。

我这个滑稽的姿势不知道维持了多久，就像维持一个事故现场。

身后竟然一点动静都没有。我把头从坐垫抬起，那人不知什么时候离开了。我一跃而起，冲到门边，气得发抖。摔门的声音如此巨大，我还觉得力气不够用。

在小区的一棵棕榈树下，我被半拖半抱了回家。这不是第一次了，吵架的结果几乎没什么区别，但是每一次吵架，都达成了不一样的目的。这大概就是恋人之间的升级机会。

我们在吵架的余怒中，做了一次满足的爱。男朋友光着身子跑下床，再钻回被子里的时候，手上多了一张银行卡。他说，这里已经存够三十万了，我们商量一下，买日系车，还是德系车？

我们早就说好了，先买车，再按揭房子。同居时买车，按揭房嘛，就意味着要结婚了。

一切都在按我们的规划上升。我们共同的理想是，五年后，过上有车有房的精致生活。

第二天清晨，我们用亮晶晶的骨瓷杯子喝咖啡，又用亮晶晶的刀叉吃过煎鸡蛋和烤面包后，穿得体体面面地吻别。男朋友说，买日系还是德系，你想清楚了哦。我报以甜蜜蜜一笑，就像昨天的吵架从没有发生过。


仔细想想，对目前这份工作，我没有什么可抱怨的。正如男朋友说的，好好干，在业内干出点成绩，即使大老板看不到，猎头总是会看到的。的确，隔三岔五，我们就会听到，公司某某主管又被猎头挖走啦。我铁下心来，打算在这里把自己干成一个资深"猎物"。这样，每天，启动公司电脑，第一时间看到大老板杰姆咧着嘴，竖起大拇指的形象，我不再觉得他是个色鬼。杰姆的形象在屏幕上只停留了几秒钟，比电梯停留的时间还短暂，然后，电脑自动登录到公司的办公平台。总会有一个个小信封在屏幕的右下角跳动，群发的或者指定发送的，这些"Order"（命令）就是我一天的任务，我只要一个一个地干掉就是了。

当我习惯性地打开一个信封，屏幕上只有一行字。在我还没来得及抬起头找对面的翠茜，就听到翠茜先嚷了起来："发生什么事啦，丽莎要下来巡楼？"

整个部门就开始叽叽喳喳了。

自从升上副总之后，我们就很少能看到丽莎性感的身影，就算在电梯也很难邂逅她，仿佛她真的坐到了"直升机"上。我们只会在难得一次的巡楼中看到她。上一次丽莎巡楼，是因为公司楼下的绿化小区里，出现了一个变态。他躲在隐秘的灌木丛里，看到年轻的女员工路过，冷不防会发出猥琐的呻吟。丽莎亲自到每个部门，温馨提示，女员工路过的时候要注意安全，尤其是加班独自晚归的女员工，最好由保安陪护出去。

丽莎迈进我们部门的那一刻，庄森、亚力克以及蜗居在各个角落的男员工都离开了转椅，朝过道涌过来。这情状，丽莎是很自然接受的。从她自信的步态看来，若干年的女性成长历程，就是从这种夹道一路走来的。

丽莎这次并没有停在过道上，而是径直走向过道尽头，步态摇曳。最后，她在克里斯蒂那张靠窗的位置，站住了。她微笑着瞄了眼正在装订文件的克里斯蒂，然后，才转过身面对大家。她先是慰问大家的辛苦工作，那老成持重的神态，颇有几分似杰姆。尽管一个中国人学老外的神情，看起来总有点出洋相，好在丽莎的确是个大美女。我一直在琢磨她戴的美瞳。

丽莎开始讲此行的重点。她把手撑在克里斯蒂办公桌的围榍上，说，大家可能也听说了，明天下午，环市东路会有一场游行，市民自发的"保钓请愿"，目的地就是我们楼下。公司希望大家不要参与，更不要闹事。

说实在的，我压根就没将这几天报纸网络上闹得沸沸扬扬的"保卫钓鱼岛"游行跟丽莎的巡楼联系在一起，似乎这两种行为之间半毛钱关系都没有。杰姆是个英国人。

丽莎宣布完后，又回答了几个男员工的问题。

"当然，这是自发行为，公司也不能强制限制，但是，杰姆不喜欢，很不喜欢。"

不知道为什么，我很不喜欢丽莎的这种语气。我在心里暗自回了一句："杰姆算个屁啊，马屁精。"

丽莎又在簇拥之下走出去了。

办公室又出现一阵叽叽喳喳。

如果说，明天的游行跟我们公司能扯上点什么关系，多半因为，我们公司位于使馆区。在我们这座写字楼的背后，绿树掩映着几处小矮洋楼，都是各国的使馆楼。每天午饭后一个小时的休息时间，我们会三三两两结伴到后边的小花园里散步，运气好的时候，还能蹭到免费顺畅的 Wi-Fi。由于前边有高楼遮挡，环市东路主干道上沸腾的车马声，一点也流不进来。这种特殊的幽静，的确给人带来些戒备森严的感觉。当然，另外还有一层关系，就是庄森说的："杰姆肯定不喜欢啊，他周末经常跟那些'鬼'去打高尔夫，如果公司有人参与，他会觉得尴尬。"庄森指指他身后的窗子，楼下那几幢红的黄的矮洋楼，像一只只文件夹子，各自夹住了一小片绿地。

下班的时候，我跟克里斯蒂搭同一台电梯。走出公司大楼，觉得门口格外空旷。多走几步便看见，在离马路几十米的地方，已经拉起了一排蓝色的防护栏，保安正示意大家绕侧边的小道离开。

实地的情景让我有几分亢奋，还有些许紧张。我跟着克里斯蒂，绕小道走上了环市东路。

由于大道被封，路上的人更拥挤了，克里斯蒂和我挨得很近。换上她那双舒适的平跟鞋，她只跟我的眼睛齐平。她不仅矮小，还很干瘦，白衬衫塞到 A 字裙里，像个没发育好的女孩。这让我想起她喜欢的那本《圣诞忆旧》。她送给我之后，我把它当睡前读物，零零碎碎读完了。说实在的，我并没有多喜欢这本书，不过，里边她喜欢的那个老女人苏克，大概形象跟她差不多。

人多，我们都没心思说话，只顾看眼下的路。走了一阵，冷不防我的右耳被塞进了一个东西，我还没回过神，就听到了那东西传来的音乐。我侧过脸去看克里斯蒂。她朝我眨了眨眼睛，恶作剧般笑笑，同时，用左手挽起了我的胳膊。她那么矮小，挽着我倒像个妹妹。

白线连着的另一只耳塞在克里斯蒂的左耳里。我们共享着她口袋里那只播放器。

"一首曲子反复听多了，那音乐会不时在你的耳朵里响起来。即使你没再播放，就算你很久都没听它了，但是,在某些时刻,紧张、快乐、悲伤……总之，就是某些时刻，它会自己冒出来，或者，你也会不自觉地哼出来。"我记得克里斯蒂上次对我说过这样的话。可是，我现在实在记不起那是一首什么歌。我们一起听的时候，是多么地熟悉，可我始终想不起它的名字。我们总是有很多那些时候的，话到嘴边却忘言，或者说，指着某样东西，明明认识却硬是叫不上名字。这种时候，我们能做的就是着急地、不断地重复，哎呀，哎呀，那个，那个……这种时候，我们最需要的就是，有旁的人来那么一句提醒。可是，这首曲子注定无人能提示。我和克里斯蒂再没有这样一起走过。

我不确定，那次听过之后，我是否还遇到过这首歌，即使遇到了，我也不能确定。

第二天下午，比预报的时间提前了半个小时，三点不到，就听到亚力克在东边的窗口喊："来了，来了。"于是，我们扔下手上的工作，都挤到东侧的那几扇窗口看。

我们的办公室在十二楼，窗户是那种密闭的落地双层玻璃，声音基本听不见。好在前边无遮挡，视野开阔，可以看到环市东路一整个游行队伍。

现在，环市东路整条主干道都封闭了，禁止车辆通行，整条大道上，密密匝匝的人潮，一点一点朝我们这边泛过来。拉着横幅的走在最前边，拿着扩音器的走在两侧。

"可惜听不见。他们在喊什么？"翠茜把耳朵都贴到窗户上了，"这就是丽莎说的闹事？他们很有纪律嘛。"

队伍走到那些蓝色的防护栏前才停下来。护栏的内侧，早就等着一大群穿制服的警察，盾牌一个个对应地排放在他们跟前。

那个穿着红 T 恤的男人大概是领队，因为，他挥挥手中的旗子，后边的人就一点一点地停下来了。绵延在环市东路的队伍，花了很长时间才停顿下来。

听不到窗外的声音，我们像看一场哑剧。太安静了，更没有我们设想的那种骚乱、激动。看了一会儿，翠茜没兴趣了，回到座位上。我给自己冲了一杯咖啡，边喝边看。

"庄森，你估计有多少人？"

"一万以上。"

"我看有三万。"

"夸张了吧？"

"打赌？"

"怎么赌？又没有准确数字。"

"明天看报纸新闻嘛。"

"报纸新闻？那也能信？"

亚力克跟庄森在争论。

"嘿，嘿，那是谁？"庄森忽然大叫了一声。

我顺着庄森的手指看下去。只见一个女人，从我们大楼的门口方向走了出来，一直朝防护栏走去，白衬衫，黑 A 字裙。

"克里斯蒂！"不知何时重返窗口的翠茜尖叫出来。

虽然看不到她的脸，但我们一致确定那就是克里斯蒂。

的确，她已经不在办公室了。我不知道她是什么时候走下去的。印象中，她刚才还站在玻璃窗前。

她一直走向队伍。她走得不快，像我下班时遇到的那样，好像踩着节奏去的。我不确定她有没有塞上耳机，有没有一首曲子在她的耳边响起，在这种紧张的时刻。

其间，她跟阻拦她的一个警察说了些什么。警察就让她过去了。她走到那个红 T 恤的男子前边，犹豫了一下，手一伸。男子看了看她，也伸出了手。

"他们在握手吗？"

距离太远，我们实在看不清楚。

很快，克里斯蒂又朝我们大楼的门口方向折返，消失在我们视线内。

"搞什么啊？"翠茜仿佛被吓住了。

一会儿，我们大楼那两个值班的保安也出来了，他们各自扛着一箱东西，克里斯蒂跟在后边。在几个警察的护送之下，那两箱东西最后放到了护栏跟前。克里斯蒂蹲下去，将箱子里的东西取出来，一次又一次地，递给挨近护栏的队伍。

这下我们看清楚了。克里斯蒂在给他们发矿泉水。

"天啊，十五楼不会也在看吧？"翠茜竟然担心起来。

天晓得，十五楼那个大老板杰姆是否像只蜘蛛一样趴在窗前看。丽莎也看到了吗？

"即使看到了，也不一定能认出谁吧。"亚力克呆呆地看着窗下。

因为克里斯蒂，这场游行跟我们开始有了关系。我们没有离开窗边，眼睛只盯着下边那个小人。那个小人，最后被队伍中几个人从护栏的内侧拎了起来。她被放进了队伍里。

我们一直站在窗边，谁也没有离开过，直到再也找不见克里斯蒂。


不久之后，我们在公司也看不到克里斯蒂了。面对她空荡荡的桌子，以及她没有带走的那颗仙人球，我觉得有些愧疚。她是唯一到我家拜访过的同事。共事那么久，我竟然没有回访过她。

丽莎说，克里斯蒂是辞职，不是跳槽，因为没有一个人知道她去了哪家公司，跟着哪个老板。

我想，克里斯蒂大概又是没想清楚，脑子一热就跳了。

在某些时刻，克里斯蒂会忽然从我脑子里冒出来。下班的路上，在华侨新村那些阔叶榕树下，看见一个瘦小的女人，像散步一样缓慢，我的心就会加快跳动几下，确定那不是她，才松一口气。

我的男朋友果然实现了他的五年规划。我们共同按揭了一套公寓。那意思是，在这个城市里，我们共同享有固定资产。像大多数男人和女人一样，我们要结婚了。

结婚这样的事情，现在人们已经不再觉得有多重大。事实上，有很多跟自己无关的事情，现在人们都并不觉得有多重大。通常是，某一天回到办公室，保洁阿姨奉命在我们每人桌上放一包喜糖。然后我们被告知，某某结婚了，不摆酒。我们会把挑剩的那些糖送给保洁阿姨。可是，在我的心里，结婚依旧很重大。自从在网上预约了民政局登记以来，那个日子一直让我紧张。有几个晚上，睡到半夜我会中途醒来，摸黑到厨房拿牛奶喝。冰箱门被拉开的那一瞬间，我的眼前"哗然"一片光明，随即，我耳边传来了熟悉的曲调"5111，5271，513，531，6231……"，是那首俗气的婚礼进行曲。我这么一讲，那曲调现在肯定在你的耳朵里响起来了。没错，就像克里斯蒂说的那样，在某些时刻，你的耳朵里会忽然冒出一些旋律。

那旋律让我觉得，我拉开的是教堂的一扇门。

翻墙

陆老师终于在阳台上看到了新租客。大楼的保安一个多月前就告诉他，隔壁那个做推销的女人终于搬走了。过了半个月，又告诉他，隔壁租出去了，租客好像是在阿里巴巴上班的。陆老师心宽了，不管来的是谁，只要不是那个来敲门的女人。陆老师和他的老伴，都不希望隔壁住着一个随时会来敲门的邻居。

　　在这栋大楼里，201 和 202 挨得最近。当初决定买这套房，陆老师唯一觉得遗憾的就是跟隔壁挨得太近。只要轻松地翻过阳台栏杆，穿过那条一米多的廊道，就可以坐到别人家阳台上喝茶。如果那里的阳台门没关，就可以走进去，坐到别人的沙发上，甚至坐到别人的马桶上。三楼以上的房子，一梯四户，东南西北，楚河汉界，分割得很自然。二楼因为是最低层，考虑到难以出售，建筑设计师为了惠利买家，整层只隔出了三套，一套东南朝向的大房，两套西北朝向的小房，这两套小房可以共享大楼一个五十平方米的露台。他们挑了 201。202 不知道后来被谁买走了，租客换了一个又一个。

　　新租客还像个大学生的模样。陆老师看到他在阳台出现的时候，他其实已经搬进来快一个月了。

　　"是个孩子。"陆老师对老伴描述这个阳台上看到的新租客。两人都松了一口气。"他是不会来敲门的。他连阳台都不怎么去。"陆老师让老伴看隔壁的阳台。除了晒着几条内裤、几双袜子，阳台上冷清清的，唯一热闹的是地面那几串脚印，盖在厚厚的灰尘上。

这样，陆老师和老伴可以舒适地坐在阳台上对饮茶，可以面朝露台上他们用各种植物搭起来的"绿地"，安静地做一套完整的八段锦。而在做这些的时候，不会冷不防地传来那个女人的声音——爷爷奶奶，你们可以试一下我们公司新研制的养生茶。爷爷奶奶，明天我给你们送一套拉筋凳，对颈椎腰椎很有效，免费试用三个月哦……

相反的，因为隔壁太安静了，陆老师对那个阳台反而起了好奇心。他会很长时间坐在阳台的藤椅上，或者爬下自己加装的那几级铁梯子，走到露台上去，给"绿地"里的植物浇水、捉虫子。他的耳朵和余光都在等待那里有点动静。

一个午后，陆老师坐在藤椅上，喝他午睡之后第一口醒神茶。他又看到了他。他手长脚长，站在阳台上伸懒腰，扭动了几下身体，并发出些咿呀声，就像清晨还在被窝里开蒙的孩子。陆老师心里长出了一双手，去轻轻拍打那孩子的脸。

"爷爷，你好啊！"

那孩子好像心情很好，突然开口。陆老师被骇了一下。

"爷爷，那些是你种的？"还没等陆老师回答，那孩子又问："那是南瓜？南瓜蔓爬上的杆子边，那几棵高高的树是什么？"

"那不是树，是秋葵，可以吃。"陆老师咧开嘴笑了，认定这是个急躁的孩子。

"噢，那就是秋葵啊，没见过。"那孩子认真地看着那几棵高高瘦瘦的"树"。

"孩子，你今天不上班？"陆老师不想就此结束他们的对话。他好不容易才等到他。

"我靠，周末欸，只有门卫才上班。"

"噢，今天是周末。我都不记日子，我们每一天都是周末。"

"唉，真羡慕，不知道什么时候才能退休。"那孩子的脸现在正对着陆老师了。

他们都站到了阳台的栏杆边。这是他们最近的距离了。

哈，退休？

陆老师顺着跟那孩子谈起了他的工作。

"我在阿里巴巴上班。"那孩子隐藏不住得意又加了一句："我的老板是马云。"

"哦，哦，阿里巴巴。"陆老师其实并不很清楚他的工作状态，他尽量很肯定地点了几下头。

聊天快结束的时候，陆老师客套两句："有空来玩啊。"

那孩子瞄了瞄陆老师阳台上那两张藤椅，调皮地眨了眨眼睛。"很简单，翻一下栏杆就过去了，像过马路一样。"


"这小徐蛮好玩的，说话像炒黄豆。"跟那孩子在阳台上的每一次聊天，陆老师都会向老伴汇报。

跟陆老师不一样，老伴不常到阳台去，她最喜欢坐在卧室那间向阳的窗台下，低着头绣十字绣。家里每一面墙上都挂着老伴的杰作，山水、花鸟、书法，类型不一，复杂程度也不一。眼下，她在绣一张桌布，图案是天女散花，看得陆老师眼晕。陆老师从不去干涉她，就像十字绣是她的信仰，她在某种坚信里获得了暮年的强力支持。

他们对这个新邻居很满意。他从没麻烦过他们，既没有让他们帮签收快递，也没有进门来翻过阳台回家找钥匙。他真的从来没敲过他们的门，一次都没有。

陆老师有一次说起，竟然有点失落了："这个小徐工作太忙了，他看起来只懂得叫，芝麻，开门。"失落的感觉，是伴随着隐隐的希望而生的。那么，陆老师的希望是什么？

过去的多少年来，陆老师和老伴都希望能听到敲门声响起。最早的时候，他们希望他们的儿子敲门。那个清瘦得稍微有点驼背的儿子，背着行李站在家门口，连拍门带喊叫——爸，爸，妈，妈。这个情景一度成为幻觉，后来变成了梦境，噩梦般拍醒他们。不记得有多少次了，他们从梦里醒来，觉得现实比梦残酷得太多。渐渐地，他们希望能听到邮差的敲门声，好让他们能从字里行间找到那个清瘦得稍微有点驼背的儿子。最后，他们希望能有谁来敲门，是的，不管是谁，来跟他们说说，有关儿子在那个夏天的一些事情。可是，二十五年过去了，他们的儿子，留在了他二十四岁的那个夏天里，他的模样、声音、呼吸，都不曾有半点改变。"爸，暑假不回去了，我跟同学留在这里。"儿子就真的留在那个暑假了。

没有人来敲他们的门。现在，陆老师和他的老伴，最害怕听到敲门声。他们之所以卖掉老房子，搬到近郊，与其说是为了躲清静，不如说是为了躲那些希望中的敲门声，或者说躲那些幻觉里的敲门声。二十五年过去了，他们现在最需要肃静。他们经历了震惊、哀恸、疑惑、绝望，如同已经经历了生、老、病、死，他们在已经毫无意义的生活里摸索到了与儿子最近的距离——肃静。肃静里能看到儿子的脸，肃静里能听到儿子的声音，肃静里能知道儿子的方向，甚至在这绵长的肃静里，他们能背出儿子曾经写下的从未给他们读过的诗句。

"你看，那朵睡莲在发光。"陆老师躺在蚊帐里，指着墙上那张十字绣。

"黑咕隆咚的，你看到那花了？"老伴也盯着墙上的那个位置。

那个位置，天亮的时候，的确是有一朵洁白的睡莲，但现在什么也看不见。

要不是那个爷爷跟徐梦龙说，他有个跟他一样大的儿子，徐梦龙不会想到阳台上去站站，那里连一张板凳都没放。

"我有个儿子，就是你这个年纪，二十四岁。"

徐梦龙看着这个白头翁爷爷。跟自己老爸相比，他老得不是一点多。"那么，爷爷，我该喊你叔叔还是什么？反正好像不能喊爷爷吧……"

陆老师一时不知怎么回答，他从没想过这个问题。留在记忆中的儿子不会长大。事实上，他跟眼前这个孩子的确整整差了一辈。可是，他又该怎样去跟这个孩子说说中间那消失了的一辈？

"我姓陆，你可以叫我……"

"老陆？"徐梦龙没等陆老师说出口。工作之后，他总是喜欢"老徐老徐"地喊他老爸。

"呃，你可以叫我陆老师。退休前，我教数学。"他只是个小学老师，教简单的加减乘除和应用题。认识的人这么叫他，只是出于他的职业，而不是别的。儿子出事之后，老伴一直鄙视他，自己的儿子都没教好，还算什么老师？这是陆老师身上的一颗子弹，藏于此，伤于此，痛于此。他只是个教基础数学的小学老师，负责任地把儿子的功课辅导得工工整整，直到把他送上清华大学。他从没告诉过任何人，对儿子他早就看不懂了。他也看不懂这个世界，因为儿子消失在了这个世界里。

等到徐梦龙下一次再问起儿子的时候，陆老师就郑重其事地吩咐徐梦龙，关于儿子的事，"别跟任何人说"。他还让他明白，这个任何人也包括自己的老伴。

徐梦龙很懂事，的确没再提。过几天，他忍不住给他老爸打电话："老徐，告诉你一个八卦啊，我隔壁住的那个老爷爷，牛逼大了，有个跟我一般大的儿子，私生子欸，把老奶奶都蒙在鼓里。""瞎讲。你怎么知道人家的私生活？"听得出来，老徐其实很感兴趣。不过，关于那个私生子，徐梦龙知道的没有更多了。"老徐，很羡慕吧？你啥时也给我整个弟弟出来，我一定负责好好虐待他哈。""什么乱七八糟的，我警告你，自己一个人在外边住，可别乱来啊……""老徐，你是想说乱搞吧？"于是，老徐在电话那边，开始了他漫长的训话。徐梦龙故意惹他，因为只有这样，老徐的话才会多起来。不知道是不是距离的缘故，徐梦龙现在开始有点舍不得老徐挂断电话。

从小到大，徐梦龙就被老徐像教训员工一样教训，也不管他是否能听进去。在整个训话过程中，只要徐梦龙中途提出一句异议，都会让老徐气急败坏，仿佛他讲的那些大道理，是用纸皮糊起来的墙，担心一戳就破。徐梦龙自认长大成人的一个明显标志是，他开始在心里嘲笑老徐的那一套，不仅嘲笑，还觉得那个气急败坏的老徐，实在像个可爱的大傻逼。

第一次，徐梦龙跟着陆老师爬下那几级自装的铁楼梯，到露台的"绿地"上摘秋葵。他们聊了很多，都是关于老徐的。

"老爸去年刚做了五十大寿，那时我还在见习期，头一回领工资，几乎把所有积蓄都花光，给老爸买了台苹果一体机。"徐梦龙得意地向陆老师炫耀。看得出来，陆老师并不太了解什么苹果一体机。"一万三千多呢。"徐梦龙及时地补上了一句。

"喔，这么贵啊。"

陆老师的反应让徐梦龙很满意。他兴致很高地给陆老师详细解说了一下那台苹果一体机的好处。陆老师听不太懂。他只知道，电脑是用来上网的，而网上什么东西都有。他只在手机上上过网，是那年在电信局缴手机费的时候，年轻的营业员捣鼓半天教会了他，还负责任地把上网方法写在一张小纸片上。那张小纸片一直夹在那本薄薄的电话本里。好几次老伴搞卫生，从沙发的缝隙里捡到了它，又把它夹回去。

"小徐，你爸爸是做什么的？"

"很早以前是公务员，后来做小老板，没挣多少钱。我老爸赚不了大钱，胆子太小。"

"做什么生意呢？"

"开打印店，兼设计招牌、海报之类的。好在他做得比较早，在我们老家几所大学的附近，开了五家分店。你知道的，做学生生意比较保险。"

"那他应该很忙吧？都没空来看看你。"

"每天发微信，烦都烦死了。他其实也没那么忙，都有店长在管理。他有空就上网，看论坛，嘿嘿。"徐梦龙忽然凑到陆老师跟前，低声说，"告诉你啊，我老爸最喜欢翻墙出去看论坛，化名跟帖，在上面骂这个骂那个。他以为我不知道，连我老妈都知道。往事如烟，起个这么恶心的网名，笑死我了，呵呵呵……"徐梦龙高声爆发出一阵狂笑。

"翻墙是什么？"陆老师觉得这个老徐的确有点好笑。

"翻墙你不懂？"

看起来，上网是徐梦龙的兴奋点，就像有谁朝他喊了一声——芝麻开门！他的大门朝任何一个人敞开了，即使面着一个快八十岁的老爷爷。

本着一个小学数学老师的逻辑功底，陆老师从小徐啰里啰唆并夹杂着很多听不懂的词语中，迅速理出了一道关于翻墙的应用题——

问：你要寄信给某人，地址、门牌、收件人都写清楚了，但是邮差告诉你，此地址无法投递，原因有多种，地址出错，查无此人，甚至邮差休假……总之邮差就是不帮你送达。那么，你该怎么重寄这封信？

答：翻墙。就是从围墙翻出去，绕过通常路径，走一条少有人走的羊肠小道，目的在于绕开邮差官道。

"正确，加十分！"徐梦龙没想到陆老师这么容易就听明白了。

"可是我从家里寄信，为什么要翻自己的墙出去，难道不是翻进对方的墙里送信？"

"呃……"徐梦龙被问住了，他的眼睛转了好几下，也没搜索出答案，"嗨，也就是打个比方嘛，说白了，翻墙就等于不从画好的斑马线上过马路，而是抄近道跨栏杆，被交警逮到是要罚款的。"

"违法？"

"总之是被禁止的。因为翻墙出去，能看到很多我们不能看到的东西。"徐梦龙暧昧地朝陆老师眨眨眼睛。

"能看到什么？"陆老师心里跳了一下。

"呃，很多福利。福利，你懂吗？"陆老师从他的神情里猜出十之八九。

"不过，老爸说，还能看到很多不为我们所知的事情。"

陆老师点点头，转过身去，在那片"绿地"的瓜棚下，走来走过去，就好像在检查他的劳动成果。

徐梦龙跟在他身后，还在无休止地唠叨着关于翻墙和他那个爱在网上骂人的老爸。在一株秋葵前停下那一刻，陆老师听到徐梦龙最后说了一句："老爸其实还是个愤青，一个愤青大傻逼。"

大傻逼？陆老师忍不住笑了出声，又赞同地点了点头，仿佛他见过并且认识老徐。

陆老师一笑，徐梦龙显得很兴奋，一下将一棵成熟的秋葵拧断了，两只手上顿时沾了些黏黏的汁液。陆老师赶紧让他用肥皂冲洗。他知道，那些迫不及待流淌出来的汁液，很快会产生奇痒无比的后果。那种难受的滋味，他尝过。

是不是这个年纪的孩子，都会这么急躁？因为急躁所以才显得胆子大？陆老师想起了自己的儿子。记忆中的那个孩子，一点都不急躁，似乎还遗传了自己的慢条斯理。每晚临睡前，会自己将书包和衣服理得整整齐齐；每天放学回家，会自觉地写好作业，然后捧起一本比他脑袋还大的书，慢慢地一页页翻看。读大学之后，放假回家还懂得安安静静地帮老伴择豆芽、剥毛豆。儿子一点都不急躁。可就是这样一个安静的孩子，竟然会闯祸。

陆老师戴着手套，用剪刀，慢慢将那些饱满的秋葵剪下来，并将它们整齐地排在篮子里。

"网上说，秋葵能壮阳呢。你看，它们像不像一颗颗子弹？"徐梦龙使劲挠着那几根已经发红的手指。那些汁液终究还是弄痒了他。

陆老师的心情变得有点糟糕，没再接话，任那孩子蹲在身边自言自语。

"陆老师，我有一个问题。为什么秋葵不是秋天生的？"这个多话的孩子并没觉察到陆老师的心情，没头没脑还再问。

"是啊是啊，秋葵为什么会在夏天生？"陆老师抬眼望了望天空。六月的太阳烈得像一坛刺鼻的烈酒，危险，还比任何季节都接近人。"这他妈该死的夏天！"


陆老师这两天没坐到阳台去。国庆黄金周，隔壁的阳台上挂出了一件胸罩，以及一条比巴掌宽一点的小短裤。陆老师还听到了他们在阳台上嬉闹。那女孩的声音很尖，可以钻到陆老师的卧室里去。

"徐梦龙，那些是什么树？"

"壮阳树。"

"神经病！"

女孩笑得一点不含蓄。陆老师猜她很年轻，也许还很瘦。因为只有瘦的人，声音才会那么透亮，仿佛从鼻腔到口腔到胸腔是三间空荡荡的房间。陆老师一直听着他们的嬉闹声渐渐远去，直到消失。他并没有出去跟他们打招呼。现在，在自己和那孩子之间，出现了一个外人，陆老师感到有点不适应，就像他不愿意自己的那片"绿地"有谁闯入。上一次，住在楼上的一个胖女人，从大楼的消防通道爬上了露台，像个观光客，对陆老师问这问那，甚至指出了他种的那些西葫芦和洋葱，要施点"大肥"。因为"大肥"是还魂土，可以把奄奄一息的植物救活。她最终被陆老师无礼地"送客"了。

后来，阳台上的嬉闹声没了。如果没猜错，那孩子一定是跟女朋友出门旅行去了。那只鼓鼓的胸罩和那条薄薄的小短裤一直晾在那没人管，即使在一个傍晚，狂风大作，也没有人出来收下。

无端端地，陆老师对那个出门的孩子有了些记挂。普陀山刮起了几十年难遇的台风，那孩子会不会被关在岛上了？张家界发生了山体滑坡，那孩子在不在山上？内蒙古机场被沙尘暴袭击，乘客被迫滞留，那孩子是不是乘客当中的一员？电视上每一条不好的新闻，陆老师都担心跟那孩子有关。

"你最近怎么啦？"老伴邀请他到阳台上喝茶。

"大概出门旅行去了，第四天了。"陆老师指指对面，对老伴说。

老伴背对太阳坐。只有在绣十字绣的时候，她才会坐在太阳的眼皮底下。她的脸陷在一种含混的暗光里，而满头白发却完全暴露在阳光中，那里几乎找不到一根黑的。

老伴好久都没说一句话，但陆老师知道她肯定要说的。这么多年来，他们的上一句和下一句总会隔着相对长一点的时间，先是出于谨慎，现在，陆老师觉得他们是因为迟钝。

"想儿子了？"老伴脸上细密的皱纹堆起了那些熟悉的忧伤。

"儿子？跟他一点不像，他是个外向的人。"陆老师仿佛看到儿子，高瘦得略带驼背，头发几乎要披到肩上了。

"说不准。儿子其实也有外向的一面，你不记得了？幼儿园那个秦老师说，我们儿子在小朋友中间很有号召力。"老伴抿着嘴笑了笑。

陆老师也想跟着笑一笑，但他没能做到。这个时刻，他特别想哭。

"我们要不要也出门，去旅游？"陆老师不想再提儿子。

老伴沉默一小会儿，回房间了。

陆老师其实只是随口说说，旅游这个念头他此前一直没有。退休之后，他和老伴只出门旅游过一次，跟着旅行团，港澳台七天六夜游。第一站是香港。第一个晚上是看维多利亚港夜景。码头上人山人海，都是来排队看夜景的。他们两个一度被人群冲散，好不容易在导游的旗子的引领下才会合。游船久等不来，他们被挤在人群中间，变得很烦躁。那些跟他们一样来看夜景的游客，不是拖儿带女，就是携父拉母。也许是这些人刺激了老伴，她哭了出声。陆老师腾出一只手，轻轻拍打着她的背。渐渐地，她控制不住了。她开始放声大哭，一边哭一边朝陆老师大喊着："我们儿子真的死了，我们儿子真的死了……"陆老师劝都劝不住，试图抱着她的头，让她的头靠在自己的肩膀上。可是，老伴挣脱了他。她朝着围观的游客声嘶力竭地吼叫："我们儿子真的死了……"陆老师从没见过老伴这个样子——像个疯子。

老伴一闹，他们身边变得宽敞了许多。她坐到了地上，哭得像个刚刚收到某个噩耗的母亲，随时有昏厥过去的可能。

那个举着他们团队旗子的导游看起来被吓住了。她用蹩脚的普通话问陆老师："要不要 Call 白车？"陆老师从她的神情里，猜到了她要叫救护车的意思，顿时紧张起来。他拼命向导游解释："被迫害妄想症。"这是陆老师急中生智给老伴诊断出的一种"老毛病"。"只要回家，见到儿子，病立即就好了。"陆老师以此请求导游立即终止他们的行程，并安排车把他们送回家。在匆忙的协商中，他们缴纳的参团费折成了机票费。

当他们的团友在游船上，拍下维多利亚港两岸那些巨幅的霓虹图案，并且张大嘴巴观赏了天空中长达十分钟的烟火时，陆老师和他的老伴，已经坐上了通往深圳罗湖关口的地铁。

回到家，老伴终于完全平静了。此后，她那个第一次发作的老毛病"被迫害妄想症"，再也没有发作过。她在十字绣的信仰里，得到了恒定的平静。

这平静也普照着陆老师。他在露台建起了他的"绿地"，有花卉、有蔬菜、有瓜果，一派繁荣富强。春天的时候百花争艳，夏天的时候瓜果累累，秋天的时候金桂飘香，冬天的时候，一场大雪像剧终的幕布掩盖了过往，仿佛那些繁华不过是一场闹剧。

他们把自己关在了这平静里，没有人来敲他们的门。

茶凉了，陆老师为自己换了一泡新的铁观音。茶叶稍微放多了，有点涩，但香味扑鼻。他朝隔壁那个空空的阳台望过去。在那个空无一人的地方，他看到了儿子，二十四岁，血气方刚，轻松地跨过那个形同虚设的栏杆，走向了自己。

"爸，我们喝一杯？"这是陆老师每次端起酒杯都会在耳边响起的一句话。印象中，他是没跟儿子喝过酒的，就连啤酒也没喝过。


"小徐，什么时候教我翻墙？"陆老师每次见到徐梦龙，几乎都要这么问。他不见得很想学，但他觉得这是跟那孩子的一种约定。有了这种约定，他们的关系就不仅仅是在阳台上邂逅那么偶然。

"没问题，不过得先买电脑。"徐梦龙每次都答应得很爽快。他开始是很当真的，但问得多了，他的回答变成了一种礼貌，认为陆老师只是说说而已。对一个老爷爷，无论他再时髦，电脑又能为他提供些什么？电脑又不是保健品。

陆老师倒是真的考虑过买电脑。苹果一体机，不就是一万三千多嘛。这个世界上，他和老伴唯一的财产就是这套房子。他们死后，这套房子无人继承，所以，陆老师的习惯性思维就是把这套房子折算成钱，花销在各种用途上。比如，进养老院的费用、生病进 ICU 的费用、买公墓的费用。

现在，他算了一下，这房子能买下至少一百台苹果一体机。用一百台苹果一体机翻墙，按照小徐的说法，他一个八十老汉，就能一下翻到一百个人难以去到的地方，那感觉像不像孙悟空？或许，还能看到一百个人看不到的福利，一百个人看不到的事情。然后呢？然后他们就可以心满意足地躺进坟墓里了吧？真好啊，真好啊。"为官的，家业凋零；富贵的，金银散尽；有恩的，死里逃生；无情的，分明报应；欠命的，命已还；欠泪的，泪已尽。冤冤相报实非轻，分离聚合皆前定。欲知命短问前生，老来富贵也真侥幸。看破的，遁入空门；痴迷的，枉送了性命。好一似食尽鸟投林，落了片白茫茫大地真干净！"这是陆老师的《心经》。总是在不知道什么时候，他的心里就会念起来。往往这段经一念完，他的很多念头也就绝掉了。那一百台苹果一体机也是被这段《心经》绝掉的。他不知道怎么跟小徐解释这些，也不可能念这段《心经》给他听，他跟他，隔着整整一辈人，等于隔着一道难以翻越的厚墙。

有一天，徐梦龙告诉陆老师，他的老爸将要杀过来了。

"哦，爸爸来看儿子了，应当的。"

"是来查房。"徐梦龙的表情既像烦恼，又像是在笑。

除了阳台之外，陆老师没看过小徐的房间。他想象过，凌乱的单人床、凌乱的书桌，墙上贴着一些画和人像，也许还在那面紧靠着床的墙上，用铅笔抄着一些诗句。他是按照儿子从前的房间去想象的。

"老爸就是想来看看我女朋友。跟他解释多少遍了，我们才刚认识几个月，他非要那么当真，切，真是的……"

"那姑娘人不错吧？"

"你见过？"徐梦龙感兴趣地问。

"我猜的……总是不会错吧。"陆老师有点窘。他只听到过她，并且看到过——那鼓鼓的胸罩和薄薄的短裤。

"嗯，还不算很了解，早着呢。"徐梦龙似乎真的拿不准。自从老爸知道他跟一个女孩子结伴旅游，每次打电话都会问起那女孩。他甚至还对他上起了伦理教育课，择偶的要素、婚姻的准则、伴侣对事业的影响等等，绕来绕去。他知道，老爸无非是怕自己年轻无知，做出了男人要负责的事情来。

徐梦龙一贯认为，老爸之所以成就不了大事业，不能成为他老板这样的人物，最致命的弱点就在于胆小怕事。从徐梦龙有记忆开始，他们家但凡有窗户的地方都装上了铁栏杆，栏杆之间的缝隙，仅仅比拳头大一点，总之，谁的脑袋都伸不出去，当然也伸不进来。记得小时候有一次家里没人，他搬张小凳子站到窗边，东蹭西蹭，试图把脑袋从铁栏杆伸出去，结果被卡在铁条中间，疼得嗷嗷大哭。老爸和老妈想了很多办法，准备报警请消防队员来撬栏杆，正好邻居过来帮忙，在他的脸上涂了很多肥皂水，才一点点地把他的脑袋弄回来。

很久以后，徐梦龙跟老爸聊起这件印象深刻的童年轶事。"又没有恐高症，为什么总要装那些难看的铁栏杆？"老爸理直气壮地说："开玩笑，如果没有这些，你迟早会从窗户上掉到楼下。小孩子总是喜欢爬窗户的，他们总是迫不及待地要到外面的世界去。"不过，徐梦龙并不相信。事实上，直到他长大成人，那些难看的铁栏杆都没拆掉。他只是判断出，老爸是个强烈缺乏安全感的男人。无论徐梦龙做什么，只要没跟他商量过，他就会狠狠地抛出一句话："你要想清楚，做稳妥，不然，后果自负。"仿佛这个世界上，后果是人人都会吃到的毒果子，而他就是曾经中毒的那个人。

徐梦龙很多次用语言甚至行动反驳过老爸，后果并不可怕，因为后果的前面还有很多——如果。他想过建一个"逆袭网"，专门替那些失败者寻找逆袭的路径和机会。既然这个世界上有那么多吃了"后果"的失败者，那么就必须有个生产"如果"的"逆袭网"，就像世界上因为有那么多购物狂，淘宝网才得以壮大，芝麻是因为欲望而开门的，阿里巴巴并不是神话。他并不是在空想，这是他青年时期的理想和目标，他要积攒资源，好比积攒第一桶金。他设想过很多，还想到，等到自己的"逆袭网"做大做强，他会带着许多的钱去感谢老爸，感谢他那些关于后果的话给了他灵感与动力。嘿嘿，到那个时候，老爸不知道是会气急败坏，还是会恼羞成怒？想到老爸那时的表情，他有一种报仇般的快意，甚至笑了出来，仿佛这事已经做成了。

那幅宽大的天女散花图在阳台上晾起的时候，老伴宣布完工了。

洗掉画图的痕迹之后，布面上只剩下老伴一针一线绣上去的色彩。身材曼妙的天女端着花篮，她的裙子上、头发上都是花，而她的身边、脚下，还是花。"正好五十朵，不多不少。"老伴观赏着自己的作品，有点满足的感觉。阳光正穿过那些密密的针脚，五十朵花就在布面上浮突了出来。

"比我种的花鲜艳多了。"陆老师不知道老伴怎么能绣出这么复杂的东西。

"假的花当然要鲜艳才好看。"老伴对陆老师种的花从来并不怎么上心，她似乎喜欢假花多一些。"假的花永远不会凋谢。"老伴提醒陆老师，"还记得我们以前一起看过的电影，《不该凋谢的玫瑰》吗？"

陆老师不记得那部电影的内容了，但他记得这个名字。多么遥远又多么浪漫的名字啊，如果有一朵玫瑰真的能永不凋谢该多好啊。可是现在老伴告诉他，只有假的玫瑰才能永不凋谢。他们相继活到快八十岁的时候，真话能变成真理。

"我想到那个地方看看，儿子消失的那个地方。"老伴突如其来又一个宣布。陆老师有点看不懂，就像看不懂那幅天女散花好看在哪里。"再过三天，就是我们儿子五十岁生日了。"老伴伤感地低声说。

老伴是计划好的。陆老师明白过来了，老伴是在完成一个仪式，十字绣完工的仪式，儿子五十岁生日的仪式，或许，也是他们生命中最后一次出门远行的仪式。

"三天之后，我们的儿子就五十岁了。他来到这个世界上，竟然有半个世纪了，我的天啊……"老伴默默地流着泪，但她说起话来，竟然一点不受影响。她的语调依旧那么平静，连一丝哽咽的音调都捕捉不到，仿佛那些眼泪仅仅是屋檐的滴漏。

陆老师不会忘记儿子的生日。在过去的每一年，要是老伴不提，他就在心里给儿子过生日。"爸，我们喝一杯。"这些声音就是他给儿子唱起的生日歌。相反的，他们从不会去纪念那个该死的日子，他们买回新日历的第一件事，就是把那一页撕掉。

陆老师陪着老伴流泪。事实上，这几天，他在阳台的藤椅上，背着老伴已经抹过几次眼泪。每一次，他都害怕隔壁那个男孩子会突然出现。

"去那个地方看看。"陆老师是被老伴催促着上路的，他几乎一点都没插手，一切就准备好了。这个平日里行动迟缓的老太婆，忽然变得敏捷、利索，到银行取钱，到菜市场旁边的售票点买飞机票，收拾行李包。安眠药、救心丹、降压药、降糖药、藿香正气丸，这些药品被她打包到一个药袋里。她准备得那么充分，好像是去赴约。

18 号，是个不用上班的周六。陆老师照着机票日期翻到了那天的日历。他给露台上的"绿地"浇了很充分的水，在阳台上站了好一会儿，期待能碰到隔壁的那个男孩子。可是他一直没出现，或许还在睡懒觉。后来，他又坐在藤椅上，磨蹭地重新泡了一壶铁观音，直到他的老伴在卧室里喊他。

老伴从早上就开始在翻自己的衣柜。她似乎找不到合适的衣服出门。陆老师走进卧室的时候，她正裸着上半身，奇怪地向前倾斜着。陆老师都害怕她会闪了腰。很快，陆老师就明白了，那样做是为了能让那两只干瘪的乳房完整地垂挂下来，然后再将它们装起来。陆老师不记得上一次看到它们是在什么时候了。

"帮我扣上。扣很久都没扣上。"

陆老师接过那只软塌塌的胸罩，帮老伴穿进去。一左一右，正好兜起了那两只乳房。

老伴已经很多年没穿胸罩了。刚开始，她借口说自己肩周炎发作，双手无法绕到后背，后来，她干脆说那些胸罩使她白天就开始做噩梦了。平日里，隔着衣服，陆老师能看到那两只乳房垂挂下来的形状。他觉得这些形状是很残酷的。可是，当陆老师艰难地找到胸罩上那些扣子，眯着眼睛，艰难地将那几个扣子搭上的时候，他觉得那简直就是一种酷刑。

"是不是太紧了，还能呼吸吗？"

老伴站直身体，做了个深呼吸。"可以吧，就是这种感觉。"她实在已经不适应这些束缚了。她在衣柜里翻半天才翻出这只胸罩，试图自己给自己穿上，可是，她已经失去了手感，背后那几个扣眼，对她来说，比十字绣的针眼小多了。她却执拗地要戴上它。

"你这个架势，好像是在穿一件战袍。"陆老师掂了掂老伴的乳房，试图戏弄她一下，就像年轻时候他们做过的。没料到，老伴猛地转过身，紧紧抱住了他。

"老头子，我现在很害怕。"

"怕什么？"陆老师快喘不过气来了。

"万一在那个地方，遇到我们儿子，怎么办？要是，他认不出我们了，怎么办？"老伴的身体开始战栗。

陆老师被她的战栗弄得有点紧张。他不知道怎么回答她，甚至有点生气了，很想推开她。但他最终没那么做。他用手一点一点地揉着那皮包骨的背和肩膀，就当是那些地方的旧患导致了她的战栗。

二十五年来，陆老师已经接受了儿子的死亡，即使他们并没有亲自送走他。儿子留给他和老伴的最后一面，是他们把他送到火车站入口的时候，儿子回头朝他们微笑着挥挥手。这一幕，儿子是活着的。

"儿子在那个地方的确已经死了。"

"你亲眼看到了？你确定他们给的那个罐子里是他？"老伴颤抖得更厉害了。

"你绣花的时候难道都在想这么愚蠢的问题？"陆老师终于抑制不住自己，丢下这句话之后，愤愤然离开了卧室。

陆老师开始后悔这次出门。这个主意本来就不是他的。他懊恼地看了看隔壁，人影都没一个。他寻思着，是不是要翻过阳台，或者去敲敲隔壁的门？至少要告诉那孩子一下，他们出门去了，要过几天才回来。

11点的时候，老伴将行李包拎到门边，提示他现在必须出发了。

在转身离开阳台的时候，陆老师听到"哒"的一声响。他回头望向隔壁，只见一个男人，腆着大大的肚皮，站在栏杆前，正低下头点一根香烟。陆老师被这个突然出现的男人吓了一大跳，几乎是条件反射地往房间里钻进去。站在阳台与房间的交接处，他屏起了呼吸。

"确实距离太近啦，明天我们去搬几盆金钱树来隔一下。徐梦龙，这里的花卉市场有多远？"

"徐梦龙，徐梦龙，你在干什么？"

"徐梦龙，你网瘾又发作啦……"

男人扯着沙哑的嗓子大呼小叫。很快，那种气急败坏的声音跟着脚步声走远了。

陆老师站在原地，一动不动。

老伴走过去，听了听，什么也没有。"谁在那里？"

"大傻×！"陆老师呼出一口气，嘴角浮现出一种奇怪的笑，仿佛终于听出了一个熟人的声音。

带你飞 |

在卫生间洗过澡后，严行进穿上短裤。照镜子前，他一定是要穿上短裤的，那种阔大的平角短裤。某个部位，遮起来，看不见，似乎更能体现其威武，即便那威武也许是一种幻觉。中年以后，胸脯以下有一条明显的分界线，那个隆起的地方骄傲地发亮。严行进抚了抚肚皮。镜子里，他还看到了身后那台银色的滚筒洗衣机。忽然像记起了什么，他转过身去，半蹲下来，打开舱门，将脑袋伸了进去。里边空荡荡，耳朵里满是自己喘粗气的声音。他艰难地把脑袋缩回，双手撑在膝盖上，使自己直立起来。有点累。他对着镜中那个胖子冷笑一声，嗨，哥们儿，你疯了吗?

早上，米嘉欣对严行进说："洗衣机的滚筒里，一定住着一个专门吃袜子的鬼。"

严行进"嚯"地笑出来。"你在讲安徒生童话吗？"他看着老婆的样子，一时间不知道怎么评价她，只是不断地摇着脑袋。米嘉欣不是开玩笑的。她指指阳台上的晒衣杆。那上边吊着两只袜子：一只长的，灰色；一只短的，紫色。

"这次它吃了两只。以前，它只敢吃掉一只的。"米嘉欣郁闷地研究着这两只落单的袜子。严行进一时间无语。小风吹过来，灰色长袜朝紫色短袜踢过去，紫色短袜玩花样般轻松避开了，像个神秘的武功高手。

落单的袜子总是会自己出现的：不是在抽屉里，就是在门背后；不是在洗衣篮里，就是在被褥里。总之，刻意去寻找是没结果的，只能等，等它们愿意出现的时候。严行进很清楚这一点。这就是他们家。

米嘉欣也很清楚。隔一阵，她会为那些偶然重现的东西而欢叫，那种失而复得的快乐，就像赚了谁的便宜一样。只是，她的确无法解释它是如何消失的，它消失的那段时间都经历了什么。一个专吃袜子的鬼，一个专盗身份证的小偷，一个专藏皮带的变态，甚至是一个专拔U盘的神经病……

严行进反问她："照你这么说，为什么那些东西又会自己冒出来呢？"米嘉欣想了想说："谁知道，大概只是想借去用一阵，用好就还回来了啊。"严行进像咽下一个蛋黄，喉咙堵住了。很多话他是没办法接的，因为她的想法跟自己不在一个开关上。

年轻那会儿，严行进觉得米嘉欣很天真。中年以后，他死死认定她其实是个傻大姐儿。好在米嘉欣是一个旅游博物馆的解说员，每天像复读机一样，并不需要什么心机，要是换作其他单位，像米嘉欣这种女人，"死"好几遍都不知道自己怎么"死"的。他总是对那些爱上他家聚会的同事说："我娶了个奇葩老婆。"好在，这个奇葩老婆不怎么管他，出入自由，花钱自由。仿佛她知道，他是这个家的一件东西，就算哪天被借去用了，用好自然就还回来的。

周末，严行进约单位几个哥们儿来家里玩牌。玩牌一贯是严行进交流工作的一个工具。他们一边玩，一边讲单位的人事。其中，那个人事处的副处长梁力和办公室的副主任邱天是常客。严行进往往从他们那里得到一些额外的消息。最近，单位里进驻了巡视组，有消息传，第三把手怕保不住了，贪污，养情妇。严行进想八卦一下，那个第三把手到底是怎么被搞"死"的。

作为主妇，米嘉欣像往常一样给他们沏茶、切水果，还用烤炉烤了些简单的曲奇饼干。在他们礼貌地夸奖饼干好吃的时候，米嘉欣忽然说："我吃过一种太空饼干，在阿姆斯特丹，味道很奇怪的。"

副处长梁力拿了一手好牌，稳坐，等赢。他顺便搭了一句话："嫂子，太空饼干，是给太空人吃的吗？"

米嘉欣说："不是的呀，是吃了之后，人就像飞进了太空一样。"

"噢，是用酒做的吧？"

"大麻。"

台面上几只手顿时停下了。他们都看着米嘉欣，包括严行进在内。

"真的是大麻做的，反应没那么大就是了。吃过之后，我们玩一种游戏。一个人闭上眼睛，其他人就做一些动作，看那个人是否能看见。我闭上眼睛，看见一个人和一个人拥抱，一个人捏了捏另一个人的左耳朵。她们说，没错，她们就是这么做的。"米嘉欣的语速很快，就像她平时在博物馆里讲解一样。"不过，有的人闭上眼睛，什么也看不到。"

男人们都愣住了。

副主任邱天一把将手上的牌倒扣在桌面上，邀请米嘉欣多讲一些。

米嘉欣将那次阿姆斯特丹的奇妙遭遇大致讲了一下。

"不是说会产生幻觉，怎么会看到真实的东西？"邱天兴致最浓。

"嗯，我查过一些书，对有的人，它会延伸人的神经长度，或者说感知范围。有的幻觉是真实的，只是你并不相信。不是这样吗？不肯相信的东西，你们都会说成是幻觉。"米嘉欣正儿八经的样子，令他们不忍质疑。

"打牌，打牌，别听她瞎掰。我这个奇葩老婆，一天到晚净说些奇葩的话，亏你们也信。"严行进狠狠地甩出了一对红心 2。"这一把，我必须管住你。"他指着梁力咬牙切齿地放话。

米嘉欣独自离开了牌桌。

那几个人又开始叫嚣，甩牌。听起来，严行进居然干掉了一手好牌的梁力。

"你怎么知道一双黑桃 K 在我这里？他妈的，莫非吃了太空饼干？"

"哼哼，我就是吃了太空饼干，牛逼大了。"

于是，他们稀里哗啦重新洗牌，一边洗，一边太空饼干地说个不停，无非就是总结失败教训和获胜经验。

"妈的，以后跟你打牌，看来得先来两片太空饼干。"

米嘉欣在卧室听到那些狂放的笑声，认出了严行进的声音。印象中，他好像只有在这些时候才笑得那么忘我，以至于她有点恍惚，平日里那个乏味、沉闷的严行进究竟是不是她的一种幻觉？

对米嘉欣来说，阿姆斯特丹的确是一次很奇妙的旅行。她是跟几个闺蜜一起去的。风景倒没多吸引她。最后一晚在酒店里，杜倩倩在阳台抽了一根烟之后，回到房间，忍不住从旅行包里取出一个五颜六色的盒子，对正在喝啤酒聊天的她们说："妈的，来荷兰不尝尝这个，你们是来干吗的？"米嘉欣接过盒子。刚才在 Coffeeshop（咖啡店）的菜单上看到过，在卖啤酒的路边小店里也有，她还以为是巧克力，拿起来仔细读过上边的字母。杜倩倩是她们当中唯一的女烟民。逛街的时候，她偶尔会消失一阵，她们就知道她找地方买烟去了。就像嗜酒的人喜欢喝土著酒一样，她喜欢抽当地烟。昨天逛性博物馆的时候，杜倩倩就曾经脱离过队伍。赵杨说，我就知道这家伙去买这玩意儿了，跟抽烟一样嘛。

"哼，她终于憋不住了。在 Coffeeshop 吃饭的时候，她就一直在说，这种奇怪的香味，你们肯定第一次闻到，猜是什么？切，这用猜吗？"李素岚是五人当中的老大，心思最缜密。每次出门都全赖她做攻略，路线、酒店、交通工具，妥妥地打印在 A4 纸上分给大家。

"抽了会有什么反应啊？怪好奇的。"米嘉欣忍不住问了出来。

"抽一口就知道了呗。在这里是合法的。"杜倩倩热烈响应米嘉欣。

于是，她们就学着杜倩倩的做法，各自卷了一根。一口、两口，赵杨和乔珊珊就先后嚷嚷："不行了，不行了，晕。"赵杨揉着凸起的小肚子哼哼："怎么这里热乎乎的？"米嘉欣什么感觉都没有，她只是觉得那些香味很特别，刚才在 Coffeeshop 一直都坐在这种香味里。

杜倩倩抽完了一根。米嘉欣抽掉了三分之二。

接下来，她们几个人，一声不吭，等反应。山雨欲来的紧张兴奋。

米嘉欣的反应最慢。她不知道自己怎么就躺在了地毯上，当地毯从她的脊背开始下陷的时候，她的脑子出奇地清醒——嘿嘿嘿，现在开始了。她听到自己兴奋的声音。地板凹下去了，柱子斜了。噢，天啊，整个房间都偏离了，大约有七十厘米的样子。

后来，米嘉欣完全不清楚其他人怎么样了，世界只剩下她一个人。在她的眼前出现了一些奇怪的画面，金色的教堂、教堂里的壁画、教堂里的展厅、展厅里的浮雕，画面不断转换，却无比清晰，仿佛身处其中。

"是卢浮宫。"米嘉欣笃定地对严行进发誓。"我真的看见它了。"

第二天，她们又一起吃了太空饼干。要不是没法通过机场安检，米嘉欣都想带回来给严行进尝一尝。做完那个闭眼睛的游戏之后，她当时就想，闭上眼睛的严行进到底会看见什么？

严行进听米嘉欣说起这次经历，倒吸了一口冷气。"下次不能再跟她们出去了，尤其是那个杜倩倩，男人婆一样，难怪会离婚。"

米嘉欣没接话，继续跟严行进讲："真的是卢浮宫，我回来查过百度，一模一样，那些壁画、蒙娜丽莎的微笑、穹顶的图案……就像我真的去过一样。"

"你又没去过卢浮宫。教堂都长得差不多。"

说来惭愧，严行进没出过国，也没有到外面世界看看的愿望。他每天从单位到家，从家到单位，也不无聊。他觉得单位就是一个有趣的世界。

在他看来，人和人的交往就是从最远的地方旅行到最近的地方，或者反过来。所有的风景，如果没有人和故事，有什么看头？

米嘉欣不一样，她喜欢出门走走，看看风景。女儿考上大学之后，他们终于得以脱身。小长假，她约严行进出去旅行，但严行进总是懒得动。他们为此不时生气。

"山山水水，我们这里多的是。节假日就连你那破博物馆也人挤人。风景哪里都一样的嘛。"严行进就用这样的话来搪塞。

"饭饭菜菜，怎么吃都是吃，在哪吃都是吃，那你为什么还要奔东奔西参加各种饭局？"米嘉欣这样堵回去。

"吃饭的人不一样，怎么能一样呢？"

"你是吃饭还是吃人？"

一度，严行进认为米嘉欣喜欢出门旅行，大概跟她的职业有关。在仅有的几次一起出行之后，他又觉得她并没那么喜欢看风景，在跟着导游听讲解的人群里，她总是会忽然消失。有一次在一座寺庙里，严行进以为米嘉欣掉队了，给她打手机。原来她压根就没跟着大部队停在半山腰的这个寺庙里，而是一个人爬到了山顶上。严行进生气地在电话里吼："不来这个寺庙你来这个地方干吗，莫名其妙！"静穆的庙宇里回荡着严行进的吼叫声，所有人都看向他。他不得不灰溜溜跨出寺门。后来，他在山顶一个僻静的地方，找到了自己的老婆——她坐在一块石头上，盘着腿，眼睛闭着，很享受的样子。

"神经病！如果这样的话，小区里任何一张石凳上，你爱坐多久就坐多久，跑大老远干嘛。"他们总是不欢而散。

最后一次，他们是去青岛。那一年，结婚纪念日遇上中秋小长假。朔望月一点点积攒，如同他们的婚姻，自转、公转，各种转动，竟然踩中了某个点。就连严行进这种早被米嘉欣判决为身体里没有一粒浪漫细胞的人，也接受这种命运的暗示，生出了一些浪漫的想法。他们决定去青岛，看海上生明月。

他们提前一天到。途中，因为预订的酒店，并没能像广告上说的那样——在窗边能看到海，严行进在总台跟人家大闹了一场。好不容易换到了一个能在窗边看到海的酒店，已经错过了饭点，饥肠辘辘，又不想出去觅食，只好叫了两碗海鲜面。为了区别平常生活，他们额外点了一瓶红酒。

落地大窗，窗外有海，总算很合意。海的舌头卷动着，一下一下地舔在米嘉欣的心里，不是咸的，而是甜的，像膨胀起来的棉花糖。

他们看过气象预报，如果明天天气晴好，19点38分，最大最圆的月亮将会准时出现在这扇窗前。此刻，他们坐在窗边，对饮，话虽不多，但跟平时还是不一样的。米嘉欣望望远处的海，又望望近处的那个人，陷入了一种幻觉，仿佛自己是个小姑娘，那小姑娘脸上有着青春的光和微笑，她想跟对面那个人谈谈爱情。有点困难，但她竟然说出了口："你还有多爱我？"她连自己都被吓住了，尴尬得脸红。对面的那个人也是被唬住了，看起来有点不知所措。如果，这个慌乱的局面是因为紧张，米嘉欣会做出轻松的样子，替他解围。然而，他并不紧张，他左顾右盼地压抑自己，生怕笑出来。结果，他失败了——他哈哈哈地笑着，仿佛听到了一个放屁的声音，忍不住笑了，只好尽力笑得欢乐一些，以期越欢乐越能解除对方的尴尬。如果，那个天真的小姑娘，会在这种笑声里撒娇、耍蛮，强迫他投降——爱死你了，爱死你了，够了吧，她便会原谅他。可是，她四十六岁，他四十八岁，他们默契的步伐不包括月亮这次踩下的那一步，那是宇宙的规律，却是他们的一次节外生枝。她的理性只够让自己体面地转过身去。

电视的声音，很快掩盖了窗外那些不知内情的海的欢唱。那是一档法制节目，严行进每个晚上准点必看。无所事事，他们各靠在床的一边，看那个囚徒声泪俱下地忏悔，拖着脚镣，领着警察到他抛尸的现场。那是一个礁石凌乱的海边，海水混浊，凶猛地拍着礁石。"一个花季少女就是在这里结束生命的。"解说员惋惜的腔调，为这场悲剧谢幕。

第二天，他们在八大关转悠，视野都离不开海滨。海几乎没什么变化，严行进很快就腻烦了。然后他们购物，在摊档上买海贝饰品。米嘉欣找到了点乐趣，对比那些蜡染的裙子和琉璃手串跟她们博物馆纪念品超市的价格相差多少。午饭就在海滨一个饭馆吃，为点四个菜还是五个菜，一扎啤酒还是两扎啤酒，他们争论了几句。"两个人，就是很难点菜。"严行进其实还想吃一盘冰浸海螺肉，但两人位的桌面显然已经摆不下了。

在吃饭的过程中，严行进开始弄手机。先是短信，几个来回，电话就响了。

米嘉欣心里一沉，知道他最终还是忍不住。他告诉过她，在青岛有几个大学同学，已经多年没联系了。出发前，米嘉欣特别强调了一下，她只想两个人，看海上生明月。

一个电话进来，严行进就眉飞色舞，仿佛孤岛求生者遇见了一艘船。两个电话，三个电话，严行进就嗨起来了。米嘉欣没法多说什么，她只是很好奇，那些已经多年没见面的朋友，是怎么被严行进搜索出来的。

19点10分左右，他们看见了月亮，大得有点虚幻。米嘉欣觉得很失望，月亮并没有在设定的时间和地点出现。他们一大堆人，在一个安静的海角，生起篝火，搭起帐篷。月亮就在他们背后的那堆礁石间升起来，而不是那扇落地窗前。

严行进跟那些老同学坐在沙滩上，叙旧、喝酒、扯官场八卦。米嘉欣跟几个太太一起，负责烧烤，将那些牡蛎一只只撒上蒜蓉、滴上香油，然后一只只摆在烧烤架上。那几个太太都相互熟络，跟米嘉欣却是第一次见面。她们客客气气地交流着养生的方法。后来，她们提议煮点姜汤喝，要加点木柴把火烧旺。米嘉欣看到远处的沙滩边上，有一片小树林，便积极地说去那里找找看。其中一个太太执意要陪着一起去，米嘉欣拒绝了。朝小树林走去的时候，她发现那个太太一直跟着，便只好转过身去，礼貌地说："请别跟着我，我想自己一个人走走。"那个太太愣在原地，不知如何作答。

米嘉欣顾不上为自己的失礼道歉，她只想藏进那片黑乎乎的小树林里。就算那里边有老虎有豹子有豺狼，她也想待在里边。

是海边那种矮矮的红树林，因为台风的原因，长不高。米嘉欣钻进去，勉强藏身。从树枝间看天上月亮，并没那么大那么圆，顿时真实了许多。海风徐徐，吹来了远处围在那堆篝火边的人们的说笑声。她想退得更远一点，就像浪潮翻身那般绝情。可是，很快她就不能再待下去了。距她左侧不到二十米的地方，钻进来一对情侣，他们那么忘情，竟然没发现她。他们那么迫切，连明亮的月光也不害怕，发出一些模糊的气息和字词。她匆忙扯了几根枯枝败叶，落荒而逃。

那几个太太已经离开烧烤炉，各自回到自己丈夫的身边。米嘉欣只好朝严行进身边的空位走过去。他在讲着一件什么事情，大家都很感兴趣地在听，几乎没有人发现她。她并没有坐下，只是脱掉鞋子，站在细细的沙子里，抬头向海的方向看去。礁石的阴影很浓，这里一堆，那里一堆，在火光的映照下，凌乱而狰狞。她忽然想到了什么，大声打断了兴致勃勃的丈夫："严行进，你看那里、那里，昨晚那个抛尸的现场。"她指着他们身后那堆礁石。

等那些突然安静下来的人回过神，那几个年轻一点的太太发出了惊悚的叫声，纷纷躲到男人的怀里去了。只有米嘉欣还站在原地，她脚底那些细沙子仿佛开始松动。如果继续这样站着，她不知道会陷进一个什么地方。

青岛回来之后，他们各自暗暗发誓，不再一起出门旅行，就像圆月不再会准确地照在他们某一个应该纪念的日子上。

吞下几片太空饼干之后做的那些游戏，使米嘉欣重新认识了一下自己。与自己平淡的人生相比，她觉得自己多少有些不平凡。她对自己敏锐又奇特的感觉有了些挖掘。她第一次知道，自己能看到的比别人都多，尽管闭上眼睛，她也能看到。她甚至决定将那次所"看见"的画下来。

　　小时候，她跟随外公学过一些绘画，也算有童子功。外公是村庄里的秀才，擅长画年画。过年前，村里人会拎一块猪头肉来排队讨年画。抱着鲤鱼的大胖小子、戴着官帽的财神爷，甚至复杂的八仙过海图，外公都能画出来。外公去世那年，她跟严行进抱着四岁的女儿回村庄过清明，她一户一户地去看外公的年画。那是 20 世纪 90 年代，一阵风似的，村里忽然开始流行一种三维立体画，几乎每家的厅堂中央都挂着一幅。他们告诉米嘉欣，往左侧一点看，那画中人的眼睛是闭着的，往右侧一点看，眼睛就是睁开的。外公的年画保留下来没多少。在暗绰绰的偏房、在油腻腻的厨房，甚至在冷飕飕的柴房，米嘉欣找到了一些他们从客厅转移过去的十来张。总体来说，外公画得还是很逼真的，就是脸谱过于单一。无论男人女人，只要笑得喜庆一点，左边的脸颊都会挂起一个长长的酒窝。

　　祭祖结束后，老舅公拿一只陶瓷碗送给米嘉欣。外公给外婆画过唯一一张肖像，他们将肖像烧制在陶瓷碗上，留个纪念。米嘉欣从来没见过外婆，可她在陶瓷碗上一眼就认出了她。跟那些年画一样，她的脸颊上有一个美丽的长酒窝。外公把外婆画在每一张年画上，这个秘密恐怕无人发现。米嘉欣对严行进说，原来，我是见过外婆的。

　　米嘉欣一点一点、细细密密地将她"看见"的那些部分画在纸上。局部的浮雕、展厅的角落、教堂的穹顶……她们单位资料室有很多关于卢浮宫的旅游手册，可她根本就不想借来临摹。那一次看见的那些画面，就像牢牢地印在她的脑海中。外公说，画画的逼真，主要是神态的逼真，而一件东西的神态，是印在画家脑子里的。外公说不上是什么画家，但米嘉欣相信外公。他在年画上画的那些酒窝，每张都像印出来的一样。

严行进庆幸米嘉欣选择了画画。到了她这个年纪的女人，琴棋书画或者养鸟养生，总归会要捡起一样的。他单位很多女同事，凑在一起就交流她们的"兴趣班"。除了把自己的书房霸占掉——事实上，严行进更多的时间是待在客厅的沙发上，画画并不是件惹麻烦的事情。跟他一个办公室的陈曼丽，每天下班回家做饭后又跑回办公室，吹葫芦丝。据说，她丈夫只要在家听到葫芦丝的声音，就像低血糖发作一样手脚发软。

"画画好，安静、养心，说不定还能让你，呃，有收获。"

"收获什么？"

严行进一时说不上来，他摆出一副家长的样子说："肯定会有收获，总归比跟那些乱七八糟的女人出去疯好。"

米嘉欣撇了一下嘴。自从开始画，她的确已经有一段时间没跟闺蜜联系了。她们给她打电话："你在忙什么呀，那么久都不给我打电话，太过分了。"米嘉欣说："我给谁都不打。"

画出来的都是局部，如果不是米嘉欣在旁边指指画画地解说，严行进根本不能确定她画的就是卢浮宫。不过，用色的基调倒是很有整体感，是那种金黄色，很明亮。看久了，严行进会觉得那是一个个梦境。米嘉欣说，那好吧，就把它们命名为：米嘉欣的梦境系列。

整个夏天，米嘉欣都在书房里画她那些"梦境"，有时候连饭都懒得吃，就像上瘾一般。

严行进并不介意老婆沉迷于画画。他一个人占据客厅。有的时候，米嘉欣画得太晚了，就跑到女儿的房间睡。他一个人占据卧室，靠在床上，手指划拉几下 iPad（平板电脑），头一歪就进入梦乡，美美地睡一大觉。更多的时候，他是在沙发上，边看电视，边跟同事通电话，哇啦哇啦地讲单位那些鸡零狗碎的事情，低声说、大声笑。遇到同事想聚会了，他也不拘什么时候，就张罗他们过来喝酒。反正，米嘉欣只要一进书房，就像从这个家里消失掉了。偶尔看到她从走廊尽头那个厕所里出来，他会轻松地跟她打个招呼："嗨，老婆，又画多少了？"

直到老孙打电话来。

老孙是严行进过去的同事，调离之后，严行进跟他的联系不多。因为业务上并没多少交集，在严行进的通讯录里，他把老孙仅仅归在朋友一类。在这类之上，是亲人、死党、好友、同事。有时候，他跟米嘉欣没话聊了，也会心血来潮问："你们孙馆长最近怎么样？"不用问，严行进都知道，老样子。管理着一个风景区里的历史博物馆，自己肯定都快成老古董了。他曾经在一次聚会上遇见过老孙，穿着复古的立领唐装，干瘦的身体在里边晃晃荡荡，让人联想起他那个没有油水的单位。

"老严，你做做你老婆工作，再这样下去，我也保不住她了。"

严行进吓了一跳。这种话他也说过，警告自己手下——你再闯祸，到时连我也保不住你。

老孙叨叨地列举了些米嘉欣的工作错误，严行进都没记住。历史朝代、人文典故这些，他是外行。他对风景没兴趣，除了可数的几次接米嘉欣下班，他都没正儿八经到过老孙管辖的地盘。不过，白塔那件事情，他听明白了。

在他们生活的这个城市，一段古运河穿城而过，从严行进办公室的窗子看出去，如果没有雾霾，能看到运河边上那座白塔。白塔的来历，全城妇孺皆知。当年乾隆下江南，行至这段下榻，忽发感叹：此地与京城北海相似，可惜差一座白塔。次日清晨，乾隆推开窗，只见对岸一座白塔耸立，以为是从天而降，身旁的太监忙跪奏：是当地盐商为弥补圣上游湖之憾，连夜赶制而成的。乾隆龙颜大悦，赏赐有加。原来，当地盐商听到风声，用万金贿赂乾隆左右，将京城白塔画成图，然后用盐包为基础，以白纸按图扎形速成。一夜造白塔，赢得了皇帝的欢心，更体现了盐商的机敏。

后人用汉白玉建起了白塔。尽管它与这里的南方古建筑风格很不搭配，但它曾为这个地方赢得圣上的赞扬，它是一个功臣。百姓歌颂它，也歌颂圣上。

在很多工作间隙，严行进会端杯茶，靠着窗户，呆呆地看着那座遥远的白塔，心里充满对古代盐商五体投地的佩服。

可是，现在老孙告诉他，米嘉欣不再背那些解说词，她指着博物馆里那座 1:10 比例的白塔模型，对跟着父母来观光的孩子们说："这座白塔，是我们这里的标志性建筑。相传，清代一个商人，不满官商勾结，不愿同流合污，被扣以莫须有的罪名，贬至此地。因怀念京城，他跟妻儿一起在运河边用雪堆了一座白塔，与京城北海的白塔相似，以慰思乡之情。那年冬天，江南遭受百年难遇的极寒，白塔成冰，经年不化。奇怪的是，在他郁郁而逝的那一天，白塔忽然一夜之间融化了。后人为了纪念这位商人，用汉白玉建造了这座白塔，通体洁白无瑕，以喻其清正的一生。"

"胡编乱造！"老孙在电话里扯着尖嗓子吼。由他主编的那本本城《风物志》，其中关于盐商一夜造白塔的故事，占据一个章节，图文并茂，是他亲手执笔的。

根据严行进的了解，米嘉欣虽然一贯奇葩，但对待工作还是认真的，不该做出这么、这么惊世骇俗的事情来。是的，刚才老孙在电话里，不断地提到了这个词。

米嘉欣并没有否认篡改解说词这件事。

"谁能证明他们说的就是正确的？"米嘉欣一副轻描淡写的样子，让严行进很不满意。难道她竟然意识不到，这样下去，她在单位会被搞死的。

"历史记载是这么说的，你就该这么说。"

"历史是谁记载的？"

108

严行进对历史没研究，没法跟米嘉欣就正不正确这个问题再扯下去。"随意篡改历史名胜故事，是，是违法的。"他不得不搬出老孙的话来。

"违的是哪条王法？"米嘉欣毫不示弱，都有些刚烈了。她的这个样子让严行进有点心虚。

"几百年都这么讲，人人都这么讲，有什么不好的？"

"有什么好的？我就不乐意那样讲，我就乐意跟小孩子这样讲。"

"你是在讲安徒生童话吗？"

"没错，我就是讲安徒生童话，有本事开除我。"米嘉欣身体薄薄的，敏捷地闪进了书房。

严行进愤怒地伸脚踹了一下书房门。他想跟进去，看看那个消失在门背后的老婆，看看她到底在搞什么鬼，看看她那些乱七八糟的"梦境"。这些"梦境"看起来很可能会将他们的生活搞得乱七八糟。

可是，那扇门被米嘉欣反锁了。


相比起说服米嘉欣参加这次饭局，严行进觉得老孙太容易被搞掂了。三个人，菜一千多，酒一千多，加上给老孙带走的烟酒、红包，小一万，他就答应把米嘉欣调换到档案室去。她再不需要每天都做一台复读机，事实上，这是一台需要维修的复读机。

在饭局上，严行进和老孙之间并没有多少共同话语。把以前的旧同事讲过一遍之后，他和老孙就剩下一杯杯地干酒。很快，他们就喝到位了。老孙那张干黄的脸，现在红彤彤地放着光，立领唐装的扣子已经解到了第三颗。酒已经让老孙失去了端庄，看上去就像一个牢骚满腹的落拓文人。严行进酒量好一些，但也醺了，话特别多。要不是米嘉欣下手把他们的分酒壶都夺去，他们估计很快就会钻到桌子底下。

"我这个老婆啊，就，就是个奇葩。老孙啊，你不知道，我得有多操

109

心啊……"严行进舌头有点大了。他一边说，一边用手将米嘉欣鬓边散落的一绺头发，轻轻地拨回她的耳后，最后将手搭到她的肩膀上。他笑眯眯地看着她，那么旁若无人，快要把头凑到米嘉欣的脸上了。实在太近了，米嘉欣本能地闭起了眼睛。

闭着眼睛，米嘉欣却还能看到严行进。他并没有坐在椅子上，而是在助跑，准备翻越对面那扇铁门。那是米嘉欣读大学住的女生宿舍铁门。他向里边的米嘉欣招着手，一气呵成地征服了铁门，顺利地站到了她眼前。年轻、清瘦、拘谨，压抑着荷尔蒙的热气。他竟然跌落在二十多年后，米嘉欣闭着眼睛的这一刻。米嘉欣吓得睁开了眼睛。她看见了严行进。他已经走到老孙的座位边，情绪高涨，正激动地要求跟老孙拥抱。老孙也激动了，摇晃着从位置上站起来，一下就被严行进紧紧地抱住了，那干瘦的身体被挤得一句话都说不出。

饭局最终被米嘉欣强行结束。走出饭店门口，严行进和老孙还在拉拉扯扯，又被米嘉欣强行分道扬镳。跌跌撞撞的老孙被塞进出租车，手里还拎着那些烟和酒。

"没问题，老孙没问题。他还能拽着东西，就能安全回家。老婆，你放心，没问题。"严行进脑子很清醒，嘴巴已经管不住了，在重复地讲。

他们没有打车，也没商量过，就相互搀扶着朝南面走。沿着那条运河河堤，大概走十五分钟就能到家。他们走得很慢，因为没能走成直线，不断要矫正脚步。

这段运河，白天里人是很多的，市民都喜欢来这里走走。岸上桃花、梨花、梅花、樱花，种了一路，河面上铺着荷叶、聚草。他们把这段运河当作一座大湖，就像是某座皇家后花园，各个季节都来赏。这是一个夏季的夜晚，荷花的暗香和浮影、荷叶下蠢动的蛙噪，却让人心里分外宁静，静得米嘉欣只能听见严行进带着酒气的声音。

他们就这样走走停停，好像走到了很远的地方。当这段美好的景致就要结束的时候，严行进忽然摆脱了米嘉欣的手臂。他圆滚滚的身体一路朝前小跑，一边跑，一边喊："米嘉欣，来，我带你飞。"他跑得竟然很稳当，几乎能跑成一条直线。没跑多远，他又停下来了，转过身来喊米嘉欣："米嘉欣，快！"话音未落，他像一只猴子，连爬带蹬，敏捷地攀上了停靠在路边的那辆叉车上。

　　等到米嘉欣走近，严行进已经稳稳地坐在了那只向上举着的货叉架上，就像他是这个庞然大物的某个零件。他两只凌空的脚踢来踢去，一边喘气，一边笑喊："米嘉欣，我带你飞，我带你飞。"

　　米嘉欣抬头看着严行进，慢慢地笑了起来。刚才落入胃里的那点酒，也慢慢地升腾起来了。她一直昂着头，看天空那一团黑黑的影子。她几乎认不出他来了，好像某样东西，丢失了很久很久，猛然冒出来的那一刻。

　　不知过了多长时间，米嘉欣觉得自己背部开始下陷。那感觉就好像在阿姆斯特丹的酒店，她陷入地毯之前，忘乎所以地大叫："嘿嘿嘿，现在开始了。"只不过，这一次，她觉得并不是陷进去，而是被谁连根拔起。

哼哼唧唧

一

　　都说江南路上的美女最好，所以柳艳阳很不顺路地转了两趟车从家里
来到江南路。她要给李卫国买最好的美女，想对李卫国好一点。

　　不是说柳艳阳平时对李卫国不好，只是李卫国在的时候，对柳艳阳太
好了，那么柳艳阳要对李卫国好都根本没法下手。现在，李卫国不在了，
柳艳阳就有表现的机会了。

　　尽管江南路是老城区，可是一进去，柳艳阳就有一种错觉，仿佛城市
的中心地带迁移到了这里。这里的人照样行色匆匆，与平日在密集的写字
楼群间看到的人没什么两样。

　　一溜过去的店面，柳艳阳没什么心得，随意走进了一家，谁知道里边
的人却正在起争执。一个女人和一个男人正在收银处吵。

　　赶时间？真是笑话，谁不赶时间？

　　你赶时间，我就不赶时间？总得有先来后到不是？

　　看上去，男人是个上班人的样子，腋下夹个公文包，尽管手里拿着把
滴水的雨伞，头上还是密密地沾满了白糖般的毛毛雨。女人手里拎着几个
百佳超市的塑料袋，大概刚从超市出来后就荡到这边来，顺路的。女人使
劲往男人前边挤，手上的塑料袋子被弄得窸窸窣窣地响着。

这样的雨天谁都不愿意出门，只是这雨一直下个不停，等也等不停的。所以江南路上的生意也就在这些日子里密集了起来。眼看着就要用到了，谁也不希望祖先在下边巴巴地空等，巴巴地看着隔壁邻居都有东西从上边烧下来。无论人活着的时候受多少委屈，死了以后是一点委屈也不让受的，因为这关系到活人的面子。所以，在江南路上赶时间也是情理中的事情。

男人在这样阴郁的天气里感到很不耐烦，也不顾得什么绅士不绅士了，硬是要把并列在自己身边的女人挤到后边。女人则用手上大包小包的塑料袋当武器去挤男人。

死三八，动手啦？男人对着女人一扬脑袋，头上的雨丝洒了些到女人的脸上。女人随即叫了起来。

赶着去投胎啊，还是赶着到下边会老姘头？

男人一时想不到更恶的话来反击，气得开始用手肘去顶女人。

正在柳艳阳犹豫是否再到别家店的时候，一堆纸花圈里窸窸窣窣走出个人来，穿得花花绿绿，比这店里的颜色要独特得多。

好了好了，都是客人，和气才生财不是？赶投胎不如赶发财。

男人和女人看着从花圈里钻出来的女人，仿佛受了惊吓。

这个女人想来就是这里的老板。她回头往小店里边招呼来一个小工，分头为这争吵的一男一女拣中药一样往篮子里捡各种各样的必需品。

女老板亲自招呼女人，指引她到一边捡那些东西，冥钞、香火蜡烛、衣服、帽子……小工则把男人拉到另一边张罗。争吵才算平息了。

看起来这小店已经有些年份，从门面和摆设，都颇有些老字号的味道。再加上女人不到四十岁的样子，生意却做得熟练，柳艳阳相信这是家传的生意。

"千万不能委屈了下面的人啊，一年就那么一次，要买就买好的，反正又不是太贵，是不是？"女老板快言快语地劝那个正在盘算着的女人。

"别的店只卖六十八块，你这里要八十八块，还说不贵？"柳艳阳看过去，女人手上拿着辆小车掂量来掂量去。

女老板看了看女人，同时也看了看柳艳阳，看柳艳阳的目光里似乎含有寻求理解的成分。

"你要看是什么货啊，靓姨。这奔驰车，你看看，这车轮，这自动波，这是最新款的奔驰S600款，水滴型车头灯。你看看，走遍整条江南路都找不到这么好的奔驰啊。你看看，你看看！"女老板拿过小车，用手去转动那四个小车轮，并不完全是转给女人看的，也稍微拿到柳艳阳的眼前。

女人似乎是货比过三家的，心里有些数，只是存心要挑毛病好压低些价钱。

女老板很快从另外一个货架上拿出一辆银灰色的小车来，举到女人眼前。

"要不你买这款？五十八块就够了。"

女人另外一只手接过银灰小车，感觉似乎轻了些，脸上显出鄙夷的神情。

"就是嘛，一分钱一分货是没错的，这帕萨特比奔驰就是差一大截不是？靓姨，你也希望亲人在下边威风凛凛，开着辆最新款的奔驰在下边多有面子啊，办事也会顺利些不是？"看准了女人的心思，女老板一口气把那辆奔驰车从用料、做工、外形等方面都夸了个遍。最后，还做出退步的样子应承女人，要是买了这车，她免费加四个小坐垫到奔驰车里。

当女人最后买下了这八十八块的奔驰S600，结账走了之后，另外的那个男人早就不知道什么时候买好走掉了。

此刻，店里剩下了柳艳阳。

大概是因为柳艳阳一直在边上目睹了她与女人交易的全过程，女老板也就当她是熟客了。

其实，柳艳阳一直站在旁边"观摩"，是拿不准自己该在这店里买上些什么回去。面对这些花花绿绿、惟妙惟肖的各种生活物品，她一点没想到，一个人离开这个世界到另外一个看不到的世界里了，还要求活得跟平日里那么"真实"和"必需"，衣食住行的物品一点也不缺少，外加上平日里享受不到的，比如一幢豪宅、一辆跑车、一堆金元宝等等。在这间看上去不大的小店里，居然齐全了一个人丰衣足食的所有必需品。

柳艳阳有些不知道从何下手。她只是听说江南路上做的美女特别真实、特别高档，她只是想对李卫国好一些，给他买最高档的美女。可是，面对这些纸扎成的物品，琳琅满目，连柳艳阳也不禁动心。在物质上，柳艳阳多年来养成的瘾，居然在江南路上也发作了。

女老板看出来柳艳阳是第一次光顾这样的店，她显得特别热情和周到，把一些生活必需品迅速地堆到了一个小篮子里，问也没问柳艳阳，边拿边把东西一样一样地念出来，冥币、衣裳、鞋子、床上用品、烟酒……柳艳阳眼看着女人拿这拿那的，也不阻止。

她感觉李卫国在这样的张罗里复活了，她现在为明天要出远门的李卫国做准备。

最后，女老板手上拿起刚才向女人推销过的那款奔驰 S600，征求柳艳阳的意见。

"车要不要开的？"

柳艳阳接过那辆黑色的奔驰车，轮子在她掌心里打转，从车窗里望进去，跟真的一样。不管李卫国喜欢不喜欢，柳艳阳是喜欢上了。只要柳艳阳喜欢上的东西，一般来说，都会搬回家里。所以，柳艳阳这次也做主把这辆黑色的奔驰买了下来，也不管价格划算不划算。

"免费送我四个坐垫哦。"柳艳阳没忘记刚才女人买车的条件。女老板很爽快地答应了，将四个坐垫整齐地摆在了奔驰车里。这样，车子一下就增加了一种人气。

看着驾驶座上的位置，柳艳阳这才想起来，李卫国的驾驶执照还没拿到手呢，他压根就不会开车啊。

"还是算了吧，他都没拿驾照。"李卫国哪里有条件开车啊？虽然在柳艳阳的要求下李卫国是报了驾驶学校学车，可是由于没有车，也就没有了动力，学得有一搭没一搭，近两年了都没考出个驾照来。想到这个，柳艳阳那种熟悉的沮丧又出现了。

"嘿，你还怕人在下边不会开车？傻啊，下边的人无所不能，畅通无阻啊。只要在上边不断烧东西下去，他们有什么会用什么，活得比在这里还自在体面呢！"女老板眼看要少一单生意，急忙向柳艳阳解释，"俗话说，有钱能使鬼推磨，只要你给他提供足够的钱，有什么摆不平？还怕他闯红灯？撞死人都不怕啦！"

女老板一阵开心的笑声，增长了柳艳阳购买的欲望。是啊，下边跟这里怎么一样啊？下边是完全不同规则的世界啊。再说了，她不是一直下决心要对李卫国好吗？她要李卫国在下边活得比谁都体面，要啥有啥，荣华富贵、风流倜傥。想着，她一挥手，就把那辆黑色的奔驰车放到篮子里——要了！

买下了奔驰，柳艳阳也没忘记来江南路最重要的目的。她要为李卫国挑一个美女到下边伺候他。这是单位里的罗姨提醒她的。她咨询过罗姨，第一个清明要为李卫国做些什么。罗姨告诉她除了举行正常的拜祭之外，就是要满足他最基本的愿望，如果不满足他，那他就会在下边不安分，不安分了就会频繁找机会来找柳艳阳。倒不是说柳艳阳害怕李卫国从下边频繁来找自己，柳艳阳是个爱面子的人，她绝不能让人说她亏待了李卫国。她在想李卫国最需要自己满足的愿望是什么呢？直到有一个晚上，她一个人躺在床上，怎么也睡不着，翻来翻去的时候才想到，李卫国最需要自己满足的大概就是这床上的事情了。所以她就想到了来江南路买美人。

女老板让柳艳阳稍等，自己从小店后边的一个门里钻了进去。不一会儿工夫，手上举了两个女人出来。

这就是闻名已久的江南路上的美人了。上下打量这两个美人，柳艳阳的心脏无端跳了几下，呼吸也随即紧张了起来。左边的美人穿着孔雀蓝的衣裳，身材匀称，胸部丰满地凸起，衣服若隐若现包裹出两个小馒头一样的流线，神情妩媚，尤其一双大大的近乎卡通的眼睛里满含着柔情的水；右边的美人穿一套火焰红的三点式，乳沟深深地陷出一条阴影，小蛮腰上滑溜得可以反光，两条修长的腿微微叉开，脸上的表情跟她的头发一样狂野。

太逼真了。柳艳阳左右看着这两个略比自己矮一个头的美人，五官身材，都跟自己那么贴近。她的心情激动不已，一时间都不知道自己要买左边的孔雀蓝还是右边的火焰红。

"喜欢哪一种类型？一个温柔、一个奔放。"女老板对此不再有任何建议，识相地简单介绍了一下。

店里的花花绿绿、眼花缭乱陷入了一种不自然的沉默。这沉默使柳艳阳多少感到不舒服。本来她没想太多，只是想着，对李卫国好一些，给他买个美人下去陪他，现在她开始觉得有些后悔了。或许是这两个美人做得实在像真的一样，引起了柳艳阳不安的情绪。

李卫国是自己的男人。就算自己的男人李卫国到了另外一个世界也是自己的男人啊，给自己的男人买女人，这听上去多么荒唐啊。

柳艳阳也没问什么价钱，指了指左边的孔雀蓝美人就跟到收银台付账了。

美人是奔驰车价格的三倍，近乎三百块钱。

柳艳阳左手夹着被小工用报纸象征性地包裹起来的美人，右手拎着一大包包括奔驰车在内的生活用品，匆忙地跨出了小店。

雨还是来的时候那种类型的雨，不大，却密密麻麻。柳艳阳腾不出手撑伞了，她要穿到马路对面乘车，她的头上也布满了没有味道的"白糖"。孔雀蓝美人横躺在她的左手上，那双柔情似水的眼睛一路睁开在柳艳阳的左前方，一眨也不眨，随着柳艳阳的步伐一路伸向前方，而捏着她纤细的腰的柳艳阳的左手感到了一种温热。这温热跟路人的目光一起，令柳艳阳感到了窘。

就这样，柳艳阳在一片细雨中，提着她给她的男人李卫国买的美人，倒了两趟公车，穿越了几条马路，回到了家。

当天晚上，柳艳阳躺在床上，虽然无声，但是她知道那细雨还在外边，像无数赶路的精灵一样在她的户外经过。同时，阳台上被她放在那里的孔雀蓝美人，虽然无声，但是柳艳阳知道她一定在那里等待着与自己的男人李卫国相会。这是自己的安排，可是，她却无端地恨起李卫国来了。

柳艳阳但愿李卫国在下边知道她对他的好。

果然，当柳艳阳终于进入梦里的时候，她看到李卫国了，依旧穿着是他平时最爱的一件夹克，头发还是那种老实的平头，但是却威风凛凛地开着一辆豪华的黑色奔驰车，一直风驰电掣地开到她的床头。柳艳阳正要打开车门坐进去，却看见一个穿着孔雀蓝衣裳的美人已经端坐在里边。李卫国的香车美女仅仅在柳艳阳的梦里停留了一小会儿，马上一溜烟就消失了。

被梦魇惊醒的柳艳阳，独自坐了起来，四顾无人，泪水婆娑。


二


柳艳阳对李卫国好的决心，是在天堂公墓的那次遗体告别会上下的。

那天下午，李卫国单位的加上柳艳阳单位的人，来了很多，每个人都来跟柳艳阳握手。柳艳阳哭着一一答谢。

差不多到最后，来了个柳艳阳不认识的女人，哭成个泪人趴在柳艳阳身上，一直讲，他对你那么好，他一定舍不得离开你啊……边讲边哭，还将头摇得跟个拨浪鼓一样。她哭得很动情，一直到从柳艳阳的身上离开，还不停。到了司仪让大家给李卫国默哀三分钟的时候，柳艳阳站在高处，低着眼睛看到某个角落，那女人还在一边哭一边摇着拨浪鼓似的头。柳艳阳从混乱的思维中偷偷辟出一点空间，猛然就断定了她就是李卫国经常提到的小侯。肯定是。因为她一直在摇头，她一直摇头就肯定是小侯没错了。

小侯跟李卫国是同一个部门的，就坐对面。之所以单位里都知道李卫国对他老婆柳艳阳好，绝大多数的功劳都在小侯。李卫国回来学给柳艳阳看，一点都不夸张。无论在饭桌上还是在会议席上，只要说到李卫国的私人生活，小侯肯定第一个跳出来，说，李卫国对他老婆不知道有多好啊，好得不行……说也就罢了，边说还边把头摇得跟个拨浪鼓一样。说多了，摇多了，就使得李卫国怀疑，到底这样摇头是夸他还是贬他呢？柳艳阳听得多了就也烦了起来，这个什么小侯，到底什么意思啊，难道就见不得李卫国对他老婆好？倒不是柳艳阳害怕小侯对李卫国有什么叵测的居心，她从来对李卫国在作风上放一万个心，用自己家乡的俗话来说，李卫国就是那种"挑粪都不偷吃"的人，意思就是，挑粪都不会偷吃，更何况挑其他好东西？李卫国不会瞒着自己去偷吃别的女人，更别说偷这个经常出现在李卫国嘴巴上的小侯了。只是小侯老这么不分场合地摇着头宣传李卫国对自己老婆好，跟卖广告一样，让柳艳阳很不舒服。一个女人对自己的老公好得不行，这很正常；一个男人对自己的老婆好成那样，总是不免使人觉得这个男人没出息，她柳艳阳再怎样，也不希望自己的男人在别人眼里是个没出息的男人。所以，柳艳阳对这个从没见过面的小侯早就讨厌了。

小侯哭成那个样子，头摇成那个样子，确实使柳艳阳感动得不行。人家非亲非故，哭成那个样子仅仅因为李卫国生前对老婆好。想到这里，默哀中的柳艳阳心里一阵凄惶。李卫国毕竟死了，再也没有人会对自己那么好了。眼泪大滴大滴地重新冒犯了柳艳阳的脸，那张虽然过了四十还显得粉嫩的脸。

默哀致辞过后，玻璃棺里的李卫国即将要降落到火化池，柳艳阳就趴在玻璃棺上狂哭。她感觉到不少人过来拉她，劝她节哀。她不知道自己到底怎么了，越劝越委屈，越委屈哭得就越放肆。

玻璃棺里，迎着自己老婆柳艳阳的痛哭，李卫国前所未有地安详，居然还面露着一点点微笑。鲜花掩映着他化过妆的脸，倒呈现出一种柳艳阳从来没发现的俊朗来。李卫国穿着柳艳阳亲自为他搭配好的衣服，雪白的衬衫领浆得硬硬地支撑着他的脖子，咖啡色的外套笔直得没有一点皱褶，菊花、百合花、玫瑰花等围在他四周。他的双手在肚子上安分地交叠着，跟往常睡觉一样。要不是头上戴了一顶帽子，柳艳阳差点就出现错觉以为李卫国是在睡午觉呢。

关于李卫国头上戴的帽子，柳艳阳和殓妆师交涉过，还闹得颇有些不愉快。

原因是李卫国头上的那块伤口，殓妆师认为有碍美观，希望能用化妆达到遮瑕的效果，要使用大量的色料。柳艳阳一听就火冒三丈。李卫国生前从来没有用过任何化学物品，冬天就连雪花膏也不会擦，居然在死后还让人给自己的头化个浓浓的妆，染上大量的色料。更重要的是，殓妆师用了"遮瑕"这个如此专业的术语，柳艳阳怒火中烧。这听着就让人生气啊。遮什么瑕？好像李卫国的头见不得人似的！可是，李卫国脑袋上那个大窟窿是个事实，不遮，它就确实绽放在李卫国的脑袋上，确实也很不体面。柳艳阳凝视着李卫国脑袋上的大窟窿，心就虚了，也出现了一个大窟窿。这个窟窿是李卫国留给柳艳阳后半辈子的一个大窟窿，再怎么也填不平、遮不住了。

因为李卫国脑袋上有个窟窿，所以，柳艳阳花很多的精神去把后事办得尽量体面。从订场地、发讣告、挂挽联甚至选鲜花、选哀乐等每个环节，柳艳阳都亲自斟酌。对此，天堂公墓的工作人员都得出一个共识，柳艳阳对她的老公是多么好啊。尤其是柳艳阳跟殓妆师争吵的那个紧张样子，就像为一个生者夺取什么权利一样。她是一点亏也不会让李卫国吃的，李卫国一吃亏，就等于她丢面子了。吵到后来，连殓妆师都感动了，免费给柳艳阳找了顶合适的鸭舌帽给李卫国戴上了。这样，既不用化妆也可以遮瑕。所以，人们透过玻璃棺看到的李卫国，戴着帽子睡觉的样子，显得特别深沉。

玻璃棺终于在哭声中徐徐地降落。离开这个世界的李卫国还有一分钟时间，以一种日常生活的形象留在柳艳阳的视野里。柳艳阳看着一点点下降的李卫国，总是觉得自己还有些什么没有给李卫国带去似的，才想起李卫国咖啡色外套的四个口袋里自己什么东西也没装进去。他缺些什么呢？他会缺些什么呢？柳艳阳头一次对李卫国极不放心，号啕着要挽留李卫国。这反应在周围的人看来再正常不过了。

"轰"的一声，李卫国就消失在底下她完全不知道构造的地方了。根据工作人员先前给她的耐心解释是，玻璃棺降落后，棺底会自动打开，将李卫国放到火化池里，然后烧成灰，至于那些烧不成灰的部分，有专职人员用锤子将它们敲成灰。总之，玻璃棺降落消失之后，一切都不需要柳艳阳操心了，就安心等着工作人员将装在罐子里的李卫国交到她手上。这些接下来柳艳阳看不到的程序，是李卫国从此开始一个人孤单生活的开端，当然也是柳艳阳彻底丧失了配偶的孤单生活的开端。两个开端，阴阳两界。想着，柳艳阳就悲伤。

走出天堂公墓，柳艳阳惊讶地看到那个哭成拨浪鼓的小侯，居然还等在门口，眼睛红红肿肿。看到柳艳阳出来，小侯迎了上去，抚着柳艳阳的肩，说，别难过，哦！不能难过，李卫国不会让你难过的，哦！

这个场景看上去有些滑稽，倒不是因为小侯去安慰柳艳阳显得滑稽，只是，小侯那比柳艳阳矮一截、瘦一匹的个头，居然抬高了手去抚柳艳阳的肩，试图充当一个强者。饶是如此，柳艳阳的心里还是感到了一些感动，虽然不多，但还是足够使自己脸上挤出些不容易的微笑来，说，谢谢你，不难过，谢谢你。

唉，不难过是假的，怎么会不难过呢？李卫国对你那么好，你一定很舍不得他吧……话说到这里，小侯又开始哽咽了，头又要开始摇得像个拨浪鼓了。

柳艳阳及时把小侯瘦小的手拉了过来，用力摇了摇。那意思是制止她这样做。

临走的时候，小侯递给柳艳阳一张名片，指着上边的电话号码对柳艳阳说，有什么需要，这些电话都能找到我，尽管来找我吧。李卫国是个好人，他对你那么好……说着又要摇头。柳艳阳迅速收下了名片，说了声谢谢，赶紧离开了小侯。她害怕再待下去就会对小侯流露出讨厌的情绪。她知道这样做是很不应该的，怎么能够讨厌一个好人呢？这样做多么不合情理啊。她小跑着出了天堂公墓，以至于没再回头望一望李卫国最后被她安置的地方。

三

柳艳阳被这绵绵阴雨弄得头疼起来了。

已经有好多年，柳艳阳没害头疼了。她记得从前自己头疼的时候，李卫国就会到草药摊给她买新鲜的艾草。艾草放到锅里煮水，闻着香味，柳艳阳的头疼就减少了一半。李卫国将热喷喷的浓绿的艾草水端到柳艳阳面前，令蒸汽直接熏到柳艳阳的脸上。直到水冷了，蒸汽消失了，李卫国又提着锅继续放到灶上加热。如此反复几次，柳艳阳的头疼就消失了。这是柳艳阳的妈妈教给李卫国的绝招，管用。那段时间，李卫国专门弄了个脸盆大的铁锅挂在壁橱里，柳艳阳的头疼好了之后，就被李卫国拿到阳台养了一"锅"大芦荟。那些芦荟好养，没两年叶子就壮得跟人的手腕粗了。柳艳阳不喜欢看这么壮的芦荟，李卫国却笑嘻嘻地说，这玩意儿作用多，吃了对人身体好。好在哪里。李卫国说不上来，只听说芦荟长在家里是一宝，用途多。柳艳阳笑着调戏李卫国，是对你管用呢还是对我管用？李卫国看着柳艳阳邪邪的笑脸，领悟到了什么，一把将柳艳阳抓过来抱在手上，爱不是恼不是。柳艳阳顺便把手搭在李卫国的敏感部位，直到感到那里产生些微妙的变化。

对你管用的只有我，对不对？柳艳阳懂得煽动李卫国。

代替李卫国的回答通常是一些没有任何内容的声音。哼哼唧唧，这是一种很具体的声音，不是形容词，是象声词，先是哼哼两声，接着唧唧两声，辗转反复。

这是李卫国叫床的声音。男人李卫国叫床的声音，是柳艳阳这么多年来生活里最动听的音乐。这音乐不张扬不霸道，这音乐只比人呼吸的声音大一点点，这音乐直接弹起了柳艳阳浪漫的情愫。简单的两声哼哼、两声唧唧，就能够把柳艳阳对李卫国的一切抱怨和不满、一切失望和忧患，一扫而空。李卫国趴在柳艳阳身上哼哼唧唧的时候，柳艳阳就被掏成了一个窟窿了，有时候是器官的掏空，更多的时候，是思维的掏空。

外表看着再普通不过的李卫国，唯独在哼哼唧唧的时候，最能表现男人的魅力，或者说是性感。柳艳阳是这么认为的。这种辗转的哼哼唧唧，掠过柳艳阳的每一寸皮肤。每一寸皮肤都试图告诉柳艳阳：小的来了。走到尽头的时候，这哼唧的声音会变成一种尊敬的询问——小的要冲过去了，要不要？柳艳阳在这被尊敬的优势里，满足而肯定地回答——要。于是，李卫国就冲了过去，像开着一辆滑溜的四驱车，马力十足地闯过红灯，当然还带着侥幸的满足。这样的时候，柳艳阳是最骄傲的，挺着她的小肚子，躺在了鲜花布满的蓝天上。

柳艳阳再挑剔李卫国，也从不挑剔他这种哼唧的声音。同样，柳艳阳再能忘记死去的李卫国，也永不能忘记他这独有的哼唧的声音。

很多次，李卫国这样哼唧完了之后，柳艳阳就霸道地掐着李卫国的脖子说，我不管，我先睡了你才能睡，我怕！

李卫国被柳艳阳掐得痒痒的，装作痛苦地求饶，当然，什么都是你先，行了吧？

当然，就算死，我也要先死了你才能死。往往柳艳阳的话没说完，就被李卫国一使劲，挣脱了出去，并且让嘴巴以最快的速度封住了柳艳阳的话。

柳艳阳是李卫国的整个世界，如果柳艳阳先死了，那就等于李卫国的全世界都消失了。想到这里，李卫国眼眶会无端地湿润。柳艳阳看着李卫国这个样子，就会笑，终究是李卫国爱自己多一点，女人就是要嫁一个爱自己多一点的男人比较划算，千古不变的真理。

要不是李卫国先于自己死了，柳艳阳认为这种划算会一直延续下去。

瘦瘦的小侯在电话那边叹气说，李卫国估计从来没做过让你吃亏的事吧？真要有的话，大概就只有他太早离开你这件事吧？

柳艳阳嘴巴上不说，可是泪水已经把话筒都弄湿了。李卫国离开，顺带着将自己的优势也带走了，这是事实。


对李卫国的死亡，柳艳阳真的不再愿意多说。除了因为中年丧夫的凄惨之外，更重要的原因是，李卫国死得一点也不体面。

李卫国是死在大马路上的。

公安局通知柳艳阳到医院认尸体的时候，李卫国的脑袋上已经无端少了一大块。整个窟窿带来的惊讶影响了柳艳阳的悲痛程度。柳艳阳几乎不敢相信。当她坐在医院的长椅上，看看周围，一个人都没有，她感到了害怕。由于害怕所以她痛哭了出来，整个医院的长廊里堵满了她的哭声。

护士拿着一张纸要柳艳阳签字，确认她的丈夫李卫国死了。

李卫国每天骑着辆单车，轻车熟路地上下班，穿两个红灯口，拐一个岔路口，过一道人民桥，就到家了。多年如此，李卫国居然死在骑单车回家的路上？

他们这块好多年没听说过单车出事故了，不仅因为他们家住的地方离热闹的市中心远，车马不算多，更因为这年头骑单车的人越来越少了。

李卫国真的是个倒霉蛋啊。柳艳阳听到人议论，不仅是个倒霉蛋，还是个替死鬼。

从某种程度上来说，倒霉蛋跟替死鬼就是同一个含义。谁愿意当替死鬼啊，还不就是那些倒霉蛋？

柳艳阳一直觉得李卫国是一个倒霉蛋，命不好，无论是升官还是发财，都与他无缘。每次机遇都跟他险些擦出火花，险些升了科长，险些接了一桩价值十五万的私活，险些被外派到日本留学……这些机遇都被李卫国险些逮着了，可是，仅仅是险些，事实上是———声惋惜。

说多了，柳艳阳往往抱怨，李卫国你这一生究竟逮着了什么？

李卫国讪讪地涎着个脸皮，讨好地说，逮着什么？逮着了你呗，还不够？

出息！柳艳阳每次面对李卫国这样的回答，半真半假地生气。还没出嫁前，她就计划着要找一个对自己好、爱自己的男人，好不容易找到李卫国来嫁，却又爱自己太多了些。

够不够？天晓得！李卫国单独坐在沙发上想事的时候，心里还是会升起一些惆怅。可这仅仅是在生活的缝隙里漏出的一些惆怅而已，总体来说，他对自己目前的现状还是觉得很够的。

白天有班上，晚上有奶摸。李卫国还缺什么呢？如果生活一直按部就班地下去，十年、二十年甚至三十年，李卫国也觉得问题不大。

李卫国那些险些发生的运气，之所以没有发生，被归结于李卫国的命不好。可是，私底下，柳艳阳还有半句话没吐出来——性格就是命啊！按照李卫国这种哼哼唧唧的性格，就算考上一辈子，老天爷也不会发一张飞黄腾达证给他，让他在世上通行无阻。

柳艳阳接纳了李卫国这样的性格，也就等于接纳了李卫国这个倒霉蛋的命了。


公安局的人拿着工具到李卫国倒下的地方，度来量去，最终得出的结论是，死者违反了交通规则，导致事故身亡。

谁会相信李卫国违反交通规则？

在柳艳阳看来，这个世界上除了交通警察之外，绝不会有第二个人能比李卫国熟悉交通规则了。

两年前，李卫国报了名去学车。不是因为李卫国有钱到可以买车了，是因为柳艳阳要他去学。

那么多人都去学车，你为什么不去学？

别人有车开才去学，方向盘都没得摸，还去学车？

谁规定要有车才能学？我们小时候没单车那会儿，不也借同学的单车来学？

那会儿贪玩才学的呗。

李卫国，事实证明，学了单车还是有用不是？很快我们就有单车了。

128

你的意思是说，学了车很快我们就有车开？

柳艳阳被问得哑口无言。

不管！

通常，李艳阳说不管的时候，就是李卫国被管的时候。说到底，柳艳阳还是害怕以后考驾照会涨价。

李卫国只好交了两千七百块钱报了名，有一搭没一搭地学起了驾照。

李卫国虽然路考一直没有通过，车一直没有轮上开，但是入学之前必经的交通规则考试，却考了个一百分。

自从考了一百分以后，李卫国跟柳艳阳过马路，就再不像从前那样乱窜了，非要走斑马线，而且非要等到红灯灭了，绿灯亮定了，才迈步。为此，柳艳阳没少跟李卫国急。好几次，跟着一大群人柳艳阳已经过到了马路对面，回头来找李卫国，他居然还留在原地，耐心等待。同时过马路的那一拨人，只剩下了他站在那里，显得那么落伍。柳艳阳在马路对面看着就快被车流挡住的自己的老公，一副很无助的样子，她心里的一股气硬是止不住，大声朝着马路对面吼了起来——李卫国，你还是个男人啊！

吼声被车声吞没了一大半，也不知道李卫国有没有听到。等到车完全停下，绿灯亮起来了，李卫国才迎着他老婆恼火的目光穿过了斑马线。

你没开过车你不知道，开车的人最痛恨这种乱过马路的人了。

你开过车？

你有车开？

李卫国一下就不吭声了。

柳艳阳根本没意识到闯红灯是错的，在愤怒的同时对自己产生了一种可怜。想想，这一生就要这样陪着李卫国慢吞吞地走过无数的马路，跟在那一辆辆公车私车后边，规规矩矩地等待红灯亮绿灯亮，她觉得自己的命跟李卫国，也不过是半斤和八两的比较。

然而，李卫国真的就是骑车过马路时被一辆蓝色的小车给撞飞的，脑袋磕在灯柱上，磕出了一个前所未有的大窟窿。

　　公安局向柳艳阳出示了医院的检查结果证明，李卫国胃里的酒精含量超过了一百毫克，属于醉酒驾驶闯红灯。

　　"明显喝多了，明显喝多了，他骑车冲出了斑马线，歪歪扭扭地，我都避不及，眼看着就要冲到人行道上了，只好急刹中撞上了他。"那辆蓝色的小车司机反复强调说，"明显喝多了，明显喝多了。"

　　小车司机是个中年男人，看上去跟李卫国年龄相仿，不过比李卫国高，比李卫国胖，说话比李卫国声音大。

　　要是撞到人行道上，就不仅仅是死一个人那么简单了。我也是没有办法啊！

　　那你就把我老公撞死了？柳艳阳声嘶力竭地冲着中年男人喊。

　　我老公就这样当了你们的替死鬼？

　　你为什么别人不撞非要撞我老公啊？

　　我也不想的啊，绿灯还没亮他自己就冲出来，谁让他酒后驾驶啊？

　　李卫国死去的脸上一点红润也没有。按照平时，只要一沾酒，他的脸马上就会红得像猴子屁股。要不是医院出了证明，打死柳艳阳都不相信李卫国这张惨白的脸是一张刚喝过酒的脸。

　　酒后驾驶是限制你们这些开车的人啊，哪条规定说骑单车不能喝酒？你背出来我听听？背出来听听？

　　警察过来拉住差不多要扑到了中年男人身上的柳艳阳。

　　他只是骑单车而已啊，你那么大的车难道不会让着他一点？

　　难道撞死人就不用负责任？还有没有天理啊……

　　叫到最后，由于长时间激烈的叫喊，柳艳阳差点窒息在中年男人的怀里。

　　总之，柳艳阳再帮李卫国争，李卫国还是死了。

　　法院判罚了八万块钱给柳艳阳，是根据柳艳阳提供的家庭收入情况以及李卫国的单位收入数据最终判定的。意思是赔给李卫国的未来损失。

　　难道李卫国未来就只能挣这点钱？柳艳阳坚信李卫国如果没有提前死，他个人所创造的家庭价值一定高出八万块很多倍，指不定天上还会掉一笔横财到李卫国的脚跟前呢。李卫国在的时候，她从来不抱这样的幻想；李卫国不在了，她忽然会对李卫国的未来生出了无比多的幻想来。

　　说归说，不服归不服,钱是没有违反交通规则的,柳艳阳拿得心安理得。

　　中年男人无辜地说，没办法，谁叫中国的法律是以人为本？他再违反交通法规，死了还能挣上一笔钱，要是在美国，说不定要赔我精神损失费呢！

　　他一个朋友拍着男人的肩膀说，算了，八万块，息事宁人吧，就当碰上了倒霉鬼！再说，还有保险帮付钱不是？

　　保险不是钱啊？中年男人心不甘情不愿地把钱交了出去。

　　男人给的是现钱。那天，柳艳阳揣着八万块钱，本来打算坐 40 路公交去的，走到马路边，她就改变了主意，一扬手，打了辆桑塔纳出租车直奔银行去了。

四

　　一向自认为精打细算的柳艳阳如今开始感到了力不从心。她对时间上的算数傻眼了。照道理，相对于过去，时间应该少了才对。过去除了有自己的时间，还能加上李卫国的时间，李卫国的时间其实也就等同于自己的时间，就如李卫国的钱一贯地等同于自己的钱一样。可是，柳艳阳真真切

131

切地感受到时间忽然就多了起来。她将李卫国过去做的事情，比如做饭、买菜、拖地、洗灶台、养芦荟等等事情都做光了之后，时间还是多了出来。她坐在躺椅上，对着这些不可思议的时间，发呆、发傻。尤其是周末，她会发现，时间无处不在，有的时候贴在电视机的频道按键上，有的时候定格在她整理出来的旧照片上，有的时候排列在她故意数够七个买回来的苹果里，当然，更多的时候是黏在她家电话的听筒里。

柳艳阳开始喜欢用电话跟人聊长长的天了。她找到的那些比较好的同事朋友，刚开始为了安慰她，还能够陪她把话筒聊得热乎乎的，久而久之，那些电话就经常没人接听了。仿佛她们听到柳艳阳锲而不舍的铃声，就能断定柳艳阳在电话那端等待她们一样。

柳艳阳的电话铃声成了最有耐心的电话铃声。可是，柳艳阳的那些朋友都成了最没有耐心的朋友。

人情冷暖啊！柳艳阳总免不了这样叹息。大浪淘沙，柳艳阳发觉最终生活帮助她留下来的，竟然是自己的爸爸妈妈！因为无论多晚，聊多长时间，柳爸爸或者柳妈妈都会坚持在电话的那边发出些令人感到慰藉的动静来。

柳艳阳目前最享受的事情就是，举着个电话，看着地下，说话，偶尔停下来听听电话那边的动静，只要还有动静，无论如何她都会继续讲下去。因为在那些时候，柳艳阳就可以看到时间像一只蟑螂一样，从她眼前的地面，一溜又一溜地窜走。几乎每天，柳爸爸跟柳妈妈都在帮助柳艳阳灭蟑螂。

干脆搬到这里来住吧？柳爸爸和柳妈妈每人差不多问过柳艳阳不下十次。可是柳艳阳却不愿意。

没有关系啊，反正我们这里有地方。你是我们的女儿，回家住也说得过去啊。

柳艳阳倒不是觉得不好意思搬回家住，只是她想，爸爸妈妈家难道就没有那些蟑螂？

　　偶尔，柳艳阳会过去看看柳爸爸、柳妈妈，蹭一两顿饭。由于长期只有两个人生活，柳爸爸、柳妈妈吃饭的时候，就在电视机前的茶几上，一头一张小板凳，过家家一样对着吃。

　　这才叫举案齐眉啊！柳爸爸举着个空饭碗到眉毛那么高，示意柳妈妈帮他盛饭。柳妈妈眼睛看着电视机，不情愿地站起来盛饭。

　　然而，只要柳艳阳过来吃饭，柳妈妈就要把那张很久没用的饭桌腾空，搬到饭桌上吃。好多次，柳艳阳坚持要在茶几边上多摆一张小板凳，也矮着身子在那里吃，柳爸爸和柳妈妈坚决不依。三个人坐在大饭桌上，电视机在远处依旧习惯性地开着。

　　柳爸爸吃饭的时候，喜欢咪一杯小酒。酒这种东西真的很奇怪，不喜欢的人，沾上一点就会闯祸，喜欢的人，染一辈子，一点问题都没有。柳爸爸活到七十岁了，只要哪一顿少了酒，吃饭的时候都会打瞌睡。

　　就那么小半杯，小半杯还不到，大概就那么一口。柳爸爸向柳艳阳解释李卫国出事那天晚上喝下的酒。

　　没错没错，大概小半杯都不到，我亲自倒的，我记得很清楚。柳妈妈在旁边紧张地看着柳艳阳，一边着急地附和着柳爸爸。

　　柳艳阳不吭声，她算不清楚李卫国胃里那些违反交通规则的酒到底有多少。

　　柳爸爸和柳妈妈一时间也找不到更准确的词语，去形容那些酒的多少，毕竟，李卫国那天晚上从这里出去的时候，脸红红的、情绪高高的。柳爸爸还亲自把李卫国送到楼下。

　　爸爸妈妈高兴我也高兴，更高兴的日子还在后头呢！柳爸爸记得李卫国在开车锁时，留给他最后的一句话，现在想起来倍觉伤心。

那天，柳爸爸和柳妈妈一大早起来确实就很高兴，给他们的女儿打电话，让她跟李卫国无论如何今天晚上要回家吃饭，顺便来看看他们的牙齿。柳艳阳明白爸爸妈妈的意思，没什么大事情，主要是去看看他们的牙齿。正好柳艳阳要参加一个形体培训班，想着没什么大事情，就派李卫国直接过去了。

柳爸爸、柳妈妈把李卫国拉到光亮的地方，咧开了嘴给李卫国看。白白亮亮、明明晃晃，一人两排牙齿，整齐地呈现在李卫国眼前，每一颗牙齿都在朝李卫国炫耀着它们的神采。

神气不，神气不？柳爸爸像小孩一样问李卫国。

神气、好看。李卫国也咧开嘴对老两口笑。

柳爸爸和柳妈妈准备了一大桌菜，软的硬的，大块的颗粒的，颜色丰富。吃饭的时候，柳爸爸和柳妈妈故意将菜嚼得响响的，两张嘴巴开合的幅度也大大的。

在此之前，柳爸爸和柳妈妈一咧开嘴，一片闪亮。柳爸爸六十岁不到的时候，镶了一口好牙，虽然不是特别坚固，却足以啃他心爱的鸡爪。鸡爪和酒，这是世界上最难舍的两口子。柳爸爸一直这么说。没几年，柳妈妈也去镶了一口的好牙。老两口，两口好牙，这应该是最幸福的晚年了吧。

你们家的保险柜，原来就是你爸爸妈妈的嘴巴啊。

他们也就只有那里最值钱了。柳艳阳笑得喘不过气来。

错，他们最值钱的在这里。说着，李卫国认认真真地用手把笑得前俯后仰的柳艳阳圈在臂膀里。

柳艳阳就这样面对着认认真真的李卫国，认认真真地决定了把自己嫁给他。

结婚后，每年给柳爸爸和柳妈妈过生日，李卫国都能想出些别出心裁的礼物来。到柳爸爸七十大寿的时候，李卫国居然送出了一个很意外的惊喜——他要送给柳爸爸和柳妈妈一人两排牙齿。

现在的人都种牙了，不但颜色跟真牙一模一样，而且还跟真牙一模一样地坚固。真牙能吃到什么，它就能吃到什么。

柳爸爸和柳妈妈开始不接受，想着自己一口烤瓷牙，也够用了。后来在李卫国的极力劝说下，心动了。没几天，李卫国果真将老两口带到了医院，掏钱给柳爸爸和柳妈妈种牙。

是有点贵，哦。柳艳阳虽然心疼钱，可是，李卫国孝敬自己的爸爸妈妈，她从不会埋怨他。

贵点没关系，吃好了，身体才好。李卫国对柳艳阳的好，一直从柳艳阳的身体蔓延到了她的血脉源头。

那倒是。柳艳阳从小就知道牙齿的重要性。牙齿好了，才不会吃亏啊，知道不？从小柳妈妈就严格监督柳艳阳刷牙。

柳爸爸和柳妈妈的牙齿完全装好了，看着好看了，吃什么都香了，人生就更完满了。李卫国举起酒杯，大大地喝了一口。

实在不好喝。李卫国被辣得皱起了眉头。

呀哈，酒还有不好喝的？柳爸爸惊讶地把自己的酒杯拿起来闻。香啊，香了一辈子了。柳爸爸喝下一口，又使劲嚼上一块牛肉。

好使不？好使不？李卫国得意地问柳爸爸。

好使、好使，吃什么都香。

吃什么都香？瞧他那个样子，恐怕连吃亏也觉得香呢。柳妈妈在旁边打趣柳爸爸。

那晚，柳爸爸、柳妈妈从头到尾都高兴，每一颗牙齿又好看又高兴。柳爸爸、柳妈妈一高兴，李卫国就感到身子飘飘的。不知道是因为酒劲还是什么，出门脚步都打飘，连柳爸爸送他出门他都没感觉。骑单车回家的一路，他一点不费劲地爬上了一个个斜坡，一点不犹豫地穿过了条条马路。

他一点感觉也没有，直到一阵剧烈的疼痛把他的感觉带了回来，可那也仅仅一下。一下过后，他的感觉就又消失了。


李卫国走后的每一个节日，对柳艳阳来说，都是第一个节日。幸好有柳爸爸和柳妈妈陪着，不然柳艳阳都不知道应该如何处置这么多的节日。

春节的时候，天气特别寒冷，柳爸爸和柳妈妈商量着如何把这个寒冷的春节过得稍微热闹一点。

起码声音能多一点，声音多了，不就热闹起来了？柳妈妈琢磨了老半天。

人又不多，声音怎么会多？柳爸爸觉得柳妈妈活那么大岁数，总是说话不经大脑。

要是能放鞭炮就好了。柳妈妈咕咕哝哝地自言自语。过去能放鞭炮，除夕里，轰得她脑袋都没声音了，直跑回屋里把耳朵钻到被窝里蒙起来。

后来，也不知道是从哪里学来的一种游戏，柳爸爸和柳妈妈在除夕那天晚上，买了一大袋小气球回家，逐个将它们吹起来。

柳艳阳过去，看到满屋的小气球，红黄蓝绿青，各样颜色都有。柳爸爸和柳妈妈埋在中间，还在鼓着腮帮吹气球，发出些不规则的嘶嘶声。

柳艳阳不明白这到底是要来做什么的，闲着无聊，也跟着老两口吹起了气球，直吹得两个腮帮肿胀，喉咙发干。

等到柳妈妈端出年夜饭的时候，客厅里已经站不下人了，甚至沙发上都坐不下人了。柳爸爸和柳妈妈看着一屋子的颜色，高兴得拍起了手。

坐在咪着小酒的柳爸爸和啃着一根鸡翅膀的柳妈妈中间，柳艳阳不自觉就会想起李卫国。除了想念李卫国之外，她还恨上了李卫国，这个男人啊，连眼前这么老的爸爸都不如。她觉得柳妈妈比自己幸福不知道多少倍了。

多吃菜，多吃菜才能健康，健康就会长命百岁。柳妈妈发现柳艳阳住手了，心下明白柳艳阳的感触，不禁生出了些歉疚，不断给柳艳阳的碗里夹去一些菜。

够了，真的够了。柳艳阳心里莫名地生气，把多出来的菜，夹了一些转移到柳爸爸的碗中。

我才不愿意长命百岁呢。柳艳阳孩子气地冲柳妈妈说，既嫌弃柳妈妈夹的菜，也嫌弃自己的命。

傻啊，有什么不好？又不吃亏的。柳妈妈慈祥地咧开嘴笑了，一咧开嘴，那口漂亮的牙齿暴露无遗。

吃过饭看春节联欢晚会的时候，柳妈妈和柳爸爸就宣布开始放鞭炮。

柳艳阳纳闷地看着异常兴奋的老头老太，一点劲都提不起，跟那些轻飘飘的气球一起窝在沙发上。

砰。

柳爸爸剪彩似的将一个小红气球一脚踩爆了。如果不是看到了，还以为真的是有人在放鞭炮呢。

像不像？像不像？柳爸爸得意地问柳艳阳。

柳妈妈已经迫不及待地要踩第二个了。

砰。无论如何，这声音真的是像小时候放的鞭炮。

于是，柳爸爸和柳妈妈开始逮地上的小气球一个一个地踩了起来，声音此起彼伏。看着看着，柳艳阳也加入了其中。找准了一个气球，用脚一踩，也不是每一脚都能踩响一个气球的，有的时候气球会跑，那一脚就会踩空。这个时候，人就有快感，追着那个逃脱了的气球，非要把它踩在脚下，把它踩爆，才解恨一般。

整个屋子，充满了砰砰砰的声音，好不热闹。柳爸爸和柳妈妈还有柳艳阳，追着地上的小气球团团转。一家人像在跳一场舞。

柳艳阳仿佛踩上了瘾，一直在不停地踩，踩得脚板都疼了。

最后，地上只剩下一大堆彩色的破塑料。柳艳阳还在客厅里不断地找。冰箱角落里还藏着一个黄色的，她像发现了一块金子一般冲了过去，气喘吁吁地用脚使劲一踩，砰的一声。她觉得心里一阵解气。

如此折腾了一个晚上，也守过了12点的岁，柳艳阳执意要回自己家里睡。柳爸爸和柳妈妈留也留不住，只好装了几大碗菜让柳艳阳带回家。

柳艳阳要出门的时候，柳妈妈在厨房里喊了一句。

等等，这还跑进来一个呢！

柳妈妈举着一个红色的气球，眉开眼笑地送到正要出门的柳艳阳跟前。柳艳阳一高兴，将红气球放到脚下，找准了位置，一脚下去。

砰！

柳爸爸和柳妈妈都咧开嘴笑了。

柳艳阳猛然心里一阵酸楚，几秒钟的工夫泪水就掉下来了。


柳爸爸送柳艳阳到楼下打车。离街上还有一百米左右的路，柳爸爸一路陪柳艳阳走着，也没什么话要说。

走到一半，一辆小车不知道什么时候赶了上来。开得很慢，挨着柳爸爸很近，差点儿就要把他手上拎着的菜给挂翻了。

柳爸爸生气地用手拍着车门，大声地骂，开的什么破车？

小车多开了两步就停了下来，走出一个瘦子。

老头，你拍我干什么，干什么拍我？

柳爸爸一听更来气了。

我就是拍你，我还拍你脑袋！说着用手使劲地往小车的屁股拍了下去。

瘦子冲了过来，要对柳爸爸动手。

柳艳阳看得惊险，也不知道哪里来的力气，将瘦子一把拽开。

你一大男人，欺负老人，没面子吧。说着眼睛瞪得大大地看着瘦子的

138

眼睛,仿佛要在那里伸出一把枪,指着瘦子。

老人?老人也要讲理不是?老人难道就可以随便拍人?瘦子看着柳艳阳的凶狠,有点儿犯怵。

他拍你哪儿了?你哪儿疼了伤了?

瘦子被呛得哑口无言。

懒得跟你们扯,大过年的,碰上你们这俩倒霉蛋,晦气!

瘦子眼看自己也没什么损失,加上看柳艳阳的架势确实让他有点儿发毛,也就骂骂咧咧地转身爬进了车。

倒霉蛋?晦气?我告诉你,我还是个寡妇呢,大过年惹上寡妇你不更晦气?

柳艳阳一点儿都不想退让,追着瘦子要把他骂回头。

这时,柳爸爸伸出一只手,有力地把柳艳阳扯住了。

等到瘦子把车重新开走后,柳爸爸站在路上,借着街边广告灯箱红红的光,盯着柳艳阳的眼睛看着,郑重其事地吩咐柳艳阳,往后,轻易别让人知道你是寡妇。

五

终于等到了清明节那一天,柳艳阳起了个大早。往年没有留意,原来四月的雨下得那么死相,哼哼唧唧的非要缠绵、拖沓完一个季节不可。

出乎意料的,天堂公墓门口已经排满了人。远远地看去,就像过去李卫国跟自己去排队看电影一样。

柳艳阳几乎排到了大门口的花坛边上,跟在最末的一个老女人后边。她手上同样拿着在江南路上买的东西。

柳艳阳观察了一下,除了自己手上举着的孔雀蓝美人与别人不同之外,多数都是一样的。有的连袋子都没有换，依旧拿的是江南路上某个有些规模的专卖店的袋子。

老女人回过头来看了看柳艳阳，先看了看柳艳阳手上拎的袋子，然后目光就长时间地停留在那个被柳艳阳举得差点儿高过了自己的孔雀蓝美人上。

柳艳阳挤出了一点点笑。

老女人似乎觉得不好意思了，开口问，你没去领号？

领号？

是啊，要到服务台领家属号，才到这里排队，不然不承认你，不让你进去。

哦。柳艳阳顺着老女人手指的方向看到了在大门口侧边的一扇小门，那里同样有一撮人在排队。

柳艳阳感激地朝老女人笑了笑。看看身后，不一会儿工夫就已经排了十多个人了。

老女人主动对柳艳阳说，你去领号，我帮你占着。

柳艳阳把手上的东西理好，把孔雀蓝美人放了下来，让她立定在自己的位置上，放心地朝领号处走去。

过去几年，住在公墓附近的市民，每到清明就会去投诉，拜祭的人烧纸钱、元宝蜡烛什么的，从早烧到晚，没完没了，熏得他们无处可去，扰民了。投诉多年据说都无效。今年，还没到清明，这附近的居民就扯着横幅到市政府门口静坐。结果，从今年开始，清明这　天，天堂公墓实行限人限时拜祭，每一拨十五人次，每一墓十五分钟。为了避免有人重复排队拜祭，天堂公墓给每个墓碑编了号码，家属凭号拜祭。

柳艳阳领到了李卫国的号，197 号。

这是李卫国在天堂公墓的号，像某一家人的门牌号一样。

柳艳阳领了号就往队伍走去。远远地，她就看到了那个自己买给李卫国的女人，在人群中，跟着挪动，面带笑容。

老女人手上的号是65号。柳艳阳瞥了一眼。不知道排列顺序是按照死亡时间还是姓氏笔画。

老女人将孔雀蓝美人交还给了柳艳阳，笑笑说，做得真像。

柳艳阳苦笑了一下，没多说什么。

等待是漫长的。等待的人只好相互聊天，说笑起来。

大部分人都是第一次来，因为只有第一个清明是规定行正清，过了第一年就灵活了。老女人对年轻一点儿的柳艳阳解释。

不知道老女人家里死了什么人，柳艳阳也不好过问。

单位里的罗姨早就告诉过她了，第一年必须行正清。因为死人第一年的清明节那天，按规定要到阎王爷那里领通行证，有了通行证才算是阴间的人，这之前都不算，只是寄存而已。而阎王爷发通行证的凭据就是，从阳间能有人捎带东西下来，以证实他真的是从阳间来的。

阎王爷不收从别处来的，只认阳间这个入口。罗姨严肃地告诉柳艳阳，要柳艳阳切记第一年一定要行正清，这是规定。

如果不呢？柳艳阳好奇地问。

如果不？那就没有通行证啊。没有通行证就像我们在这里没有身份证一样，麻烦啊。

柳艳阳又好笑又好气，什么鬼规定啊，人死了还这么麻烦？

麻烦大了，无主冤魂你听说过吗？阳间回不去，阴间进不得，那可真是求生不能，求死不能啊。

柳艳阳一阵毛骨悚然。

虽然柳艳阳从来不是一个迷信的人，可是想到一旦真如罗姨所说，一不小心李卫国真的拿不到通行证，就连个身份也没有了。柳艳阳可不愿意李卫国是个没有身份的人，那多丢人啊，所以，再麻烦，柳艳阳也要等到行正清这一天。

人群一静止就意味着十五分钟的静止，一挪动，就等于十五个人的空位的挪动。就这样，柳艳阳盘算着挪动的频率，眼看就要到自己了，身后忽然被人拍了拍。

柳艳阳回头看，是个年轻女人。

我们能不能跟你换个位置？女人指了指旁边的年轻男人。

换位置？

是啊，我们算了算，到我正好满十五个，我丈夫要到下一拨了。

是啊，我们要去看看儿子。

柳艳阳看看女人又看看男人，那么年轻，儿子一定还很小。

好吧。柳艳阳往男人后边站去。

这样，柳艳阳就站在了这一拨的第一个，举着那个孔雀蓝美人，领袖一样，旗帜鲜明地站在那里。

柳艳阳终于站到了老公李卫国跟前，中午已经快一点了。

197 号，果然，李卫国的墓碑上添了个新的牌牌。这里的人都是有秩序地对号入座。

柳艳阳给李卫国烧东西，钱、衣服、手机……一件烧光了，轮到第二件。她把那辆新款的奔驰 S600 和那个著名的江南路美女留到了最后，因为这是她给丈夫李卫国的一个巨大的惊喜。

柳艳阳仔仔细细，直到一件一件地把那些东西烧成灰。

烧奔驰车的时候，柳艳阳抬头看了她的老公。李卫国无知无觉，跟平时没什么两样。像是有人在奔驰车里边猛一踩油门，奔驰车一会儿就离开了柳艳阳的视线，开往了阴间。

孔雀蓝美女，留到最后。柳艳阳稍微犹豫了一下。她不是不想把女人送给李卫国，只是面对这个站着的与她差不多高的女人，她不知道先从哪一头开始，头还是脚？这么逼真的美人，一直那么微笑着，任由柳艳阳摆来摆去。

后来，柳艳阳决定把美女的脸先燃着了，从头到脚，等于有头有尾。

美人遇火迅速地蜷缩了起来。不到五分钟，这个穿着孔雀蓝衣裳的美女就消失了，就像一个在人间消失的妖精一样，无影无踪，剩下了一些难以分辨的余烬。

柳艳阳看了看李卫国，满意笑纳的样子。


过了半个月，这场清明的雨水还是没有停，时大时小，像一个找人倾诉的怨妇一样，一点儿也不体谅别人的感受。

柳艳阳的担心也就此开始了。她认为自己的担心不是多余的，李卫国总是一副与世无争的样子，指不定那些东西还没到他手上就被别人抢走了呢。

也不知道李卫国收没收到那些东西。柳艳阳上班的时候问单位里的罗姨。

要是收到了，他会让你知道的，你是他老婆，他不告诉你告诉谁？等等看吧。在迷信的罗姨眼里，死了的人，只是挪了一个地方生活。

就是啊，挪一个地方生活，李卫国还是她柳艳阳的老公，是自己老公就不允许有事情瞒着自己，天上地下都说得过去的道理啊。

柳艳阳坚信，李卫国无论什么事情都会跟自己说，无论好事还是丑事，无论上天还是下地。所以，她就一直在等。

蓝 牙

孙芊蔚没想到丽江古城的色彩那么明艳，好像手机屏幕的亮度被谁的手指不小心推到了顶格。花的色彩、油纸伞的色彩、天空的色彩、游人服装的色彩，饱和度极高的阳光——将这些颜色调到至亮。这是她第一次踏入丽江古城，却不合时宜地先在心中盘点箱子里的衣服，哪一件能配得上这些鲜艳。她不是那种喜欢坚持某种造型的女人，这可能是她近年来的一种心理惯性？出门变得有些焦虑，焦虑晴雨，焦虑衣履，焦虑酒店的枕头是否贴合她的颈椎……结果总是失算，哪一次出门都会感觉错带或漏带了一件必需品。

　　唯一庆幸的是，她犹豫再三最后还是放进去了那件帽衫，就在箱子里的最表层，做好了空间不够随时可放弃的准备。这两年，她调暗了自己，衣服基调脱不了黑、灰、藏青，在她身上找不到一朵花卉的图案。那件帽衫是例外，买来打算春天夜跑穿的，颜色是不太常见的嫩绿。不过，孙芊蔚在古城里轻易就找到了它的同色系。在那些抬眼即见叫不出名字的多肉盆栽里，有各种程度的绿，它就是那种透明、亮晶晶的绿。孙芊蔚一眼就辨别出来了。这绿色多少缓解了一些她的焦虑。

　　预订的房间数量不够，他们要分成两队分住两处。她被安排住在新义街的一间民宿。门楣被垂落下来的紫藤花遮住，庭院深深，从门口望进去，只能看到尽头一块巨大的照壁。穿过一段近二十米的长廊，拐个弯，才能看到露出天空的院子，以及院子里两两相对的客房。

她的房间是 103。服务员告诉她，一楼，北面是单号，南面是双号。穿过院子时，她看到一张长条茶几，几只小茶杯里余着绛色的茶，深浅不一。有根烟被搁在烟灰缸沿，慢吞吞地将余生最后一口气吐向它旁边那盆又肥又矮的多肉。估计是刚坐在这里的两男两女，现在站到了院子一侧，手机对着草地上一匹卧着的木马拍照。发房卡的时候，负责团队后勤的小单告诉大家，这里是当年马帮头子的老宅。103 房间门口正对着那匹木马。当中没拿手机的年轻女人朝她笑笑，说，这马好萌呀。孙芊蔚礼貌地点点头，应了声，是呢。

民宿都是木头建筑，用那种不上漆的整木。房间当中一根大梁柱，如果不是屋顶阻隔，会以为那里种着一棵老树，树皮斑驳，枝叶都在房顶之外。仔细看，才能看出人工做旧的手法。木门隔音不太好。孙芊蔚简单洗了洗脸，等热茶的温度适口，院子里讲话的声音消失了，她才打开房门，走近去看那匹伏地的木马。跟建筑的整木相反，它由很多块碎木条拼接而成，色调像灰岩剥落的石块，裸露着骨骼，筋脉、鬃毛与木纹的沟壑纵横吻合，真像是从茶马古道退役下来的一匹老马，卧下，就从此走不动了。孙芊蔚在院子里走一圈，从某些角度看过去，那马不像马，倒像是谁即兴搭起的一堆乱木，即将燃烧起来，被人围着跳锅庄舞。刚才路过玉河广场，那里有一块闪动的电子大屏幕，游客在里边围着篝火跳舞，孙芊蔚觉得那是更为壮观的广场舞。

转过一个拐角，孙芊蔚斜眼看到了二楼走廊上的老谢。她朝他挥挥手。他随即晃了晃手上的烟。这手势如此熟悉。老谢瘦瘦的中等个儿，站在某个角落，朝人晃晃手中烟，漫不经心打个招呼。就算在不久的将来，他们不再有关联，在更久一点的将来，他们老得杳无音信了，孙芊蔚相信这动作也会伴随这个人的名字一起浮现。他们没再说什么，对各怀心事的这类时刻很默契，无话也不尴尬。

老谢被新环境引起的那点儿兴奋感黯淡了下来。等她转回 103 房门前，那匹正对着的老马又像一匹马了，是一匹忧郁的老马。

来丽江是老谢的选择，作为 PR（公关）的一次团建，或许说是一次为了告别的聚会更为确切些。老谢将要调离公司总部，到一个三线城市的分公司继续任 PR 经理。这消息瞒不住。即使老谢在公司茶水间悄悄告诉过孙芊蔚，但彼时其实早已不是秘密了。他们这次团建不设主题，务虚，公司就当出钱给老谢请客，答谢一下团队。在梵净山和丽江之间，老谢最终选了丽江。孙芊蔚对老谢讲，我都不好意思说出来，我竟然没去过丽江。她和老谢都是 70 后。老谢在 70 头，她在 70 尾，行事风格却像隔了一江水。老谢对她的话没反应。说起千禧年前后，知识青年界忽然流行一句调侃的话："不是在丽江，就是在去丽江的路上。"孙芊蔚处于那段时间的河流里，似乎不应该掉队。老谢很不以为然。不是对丽江，而是对"文艺青年"这个词。按照孙芊蔚对老谢的了解，如果不是照顾手底下那几个 80、90 后，他更希望去腾冲。因为最近他忽然开始对历史产生了浓厚的兴趣。仅有一小时的午休时间，他躺在办公室的沙发上，耳机里播着王树增的《1911》，闭目，迷糊时会被某个高音惊醒。他对现在进行时态的新闻和八卦丧失了议论的兴趣，倒是时不时在跟人聊天的时候会冒出"大多革命都起源于对腐败的抗议……"，搞得人不知怎么接话。

来这家美国驻华公司之前，老谢是报纸的财经编辑。猎头以年薪六十万的条件把他挖过去，为公司完美处理过几桩影响恶劣的危机公关。升到 PR 经理的时候，他把孙芊蔚也从报社挖了过来。他们一直搭档得很好。老谢利用原先在报社的资源为公司摆平媒体，孙芊蔚为老板起草的新闻通稿，无论在报纸还是网站上发表都恰如其分。他们在真实与谎言之间找到了一些模糊的句式和语法，乃至标点。不过，这几年，除了负责撰写维护公司形象的新闻稿，他们处理负面消息显得有点儿束手无措。无论如何，现在人们穷追真相的呼声虽响，但耐心越来越少，而指望制造一个吸引眼球的新热点去覆盖一个负面消息，对老谢他们来说简直就像买彩票。老谢慢慢变得有点儿佛系，工作思路和方式都有了些莫名其妙的改变。相比对外公关他更关心企业内部文化，他在年会上跟员工大谈情怀二字，年度工作计划的第一项就是要在公司成立读书小组，定期举办读书分享会。据说，老谢在公司某一次中层会上，陈述举办这种形式陈旧的活动的必要性，他打破了历来的报告流程，以沉重至痛心的语气说，整个公司里的人，都不像人，一点儿人的味道都没有。传出来的话说，老谢讲完，整个会场沉默了三分钟，就像集体进行了一次默哀。孙芊蔚认为这传闻有夸大的成分，但场面尴尬可以想见。最终的结果是公司随老谢去折腾，反正这类看不见收益的活动，零成本，只会在老谢的年终总结报告里写上一笔。暗地里，他们认为，老谢对公司发展提不出有建设性的意见。

一个月当中有一个晚上，老谢让下属把咖啡室布置成沙龙，由各部门派职员轮流参加，在临时充电挂上墙的几盏温柔的壁灯下，分享指定读物的读后感。参与者大多是资历较浅可差遣的年轻人。他们通常是坐在灯下，照着一张 A4 纸念，听上去内容专业得可疑，很多是从豆瓣或者知网上复制粘贴下来的文稿。孙芊蔚是读书会的组织者，负责在老谢主持的交流环节给大家递话筒，同时在多次冷场的时候运用她的机智保持活动的流畅。不过，需要孙芊蔚递话筒的机会渐渐少下来，老谢拿着话筒一直讲到了散会。

读书会办了六期下来，孙芊蔚感到有点儿难以为继。她甚至担心随着一些女职员带着家里没人照看的小孩过来，读书会有可能会变成亲子教育中心。多亏了《了不起的盖茨比》。

春节前夕的一个寒夜，老谢让孙芊蔚从拜访 VIP 客户的新年礼物里，扣下了一些多余的巧克力，用漂亮的包装纸将它们包得像一本本书，他打算给参与者一些"物质营养"。不知道是巧克力还是盖茨比的缘故，发言的年轻人比前几次都活跃。老谢很满意，孙芊蔚读出了他那种微笑里竟然有着父辈的宽容甚至宠溺的成分。几个分享者照着 A4 纸念出了与故事主题相近的观点。与前几次不同的是，他们用自己的话总结出诸如女主黛西是个"渣女"，盖茨比是美国中产阶级的牺牲品之类的结论。在孙芊蔚给老谢续咖啡的那会儿，老谢轻声对她说："看来选书很关键。"他庆幸遇到了《了不起的盖茨比》。

　　气氛的转变从一个新职员的发言开始。这个西服袖口露出一截白衬衫的年轻人，有着那种不放过任何场合表现自己的欲望，语气跟语速一样冲。他抛出了"《了不起的盖茨比》反映了人性最真实的一面，不应该特指美国或者哪一个国家的人。批判这种真实性的人，都很虚伪"的观点。他滔滔不绝地维护黛西，认为人爱慕虚荣没有什么不对，虚荣是人成功的最大动力，也赞赏盖茨比那种拼命发财之后再将心爱的人夺回来的行为。总而言之，盖茨比和黛西，就是霸道总裁和灰姑娘的故事，是今天所有年轻人的梦想。至于结局，那是因为盖茨比太讲情义，遇人不淑，被坑了。他那种一本正经地自黑的语调，引起了众人几次哄笑，在他讲完"他们完全可以有另外一个结局，女有意，郎有钱，从此过上幸福的生活"这句话之后，还出现了几阵零星的鼓掌声。这情形应该算是读书会成立以来的一次高潮了。接着这个新职员带出来的话题，有人开始抢话筒，其中一个大概处于刚失恋的状态，他拿话筒的姿势像正在喝一支百威啤酒。他哭丧着脸说很羡慕盖茨比，被女朋友甩了之后，他没有能力成为霸道总裁，做梦都想在她家边上盖一所豪宅示威。气氛热烈起来，没抢到话筒的也开始相互议论。一些根本没看过这本书的人，从盖茨比顺利转移到了他们关心的恋爱、买房这样的现实话题上。就在某一个抢话筒的间隙，大家听到有人猛地一拍桌子，又一拍桌子。老谢接连拍了好几下桌子，震落了搁在杯子边的小勺。大家看到他掏出一根香烟，第一次在读书会上打破了室内禁止吸烟的纪律。打火机的火苗跳动了好几下，孙芊蔚在老谢接过话筒时印证了那种颤抖。

有一小段时间，老谢成为公司的热议对象。年轻人说，公关部的那个老谢真能装，明明自己中产了才来跟人谈铜臭味的危害。与老谢共事多年的老友则纷纷为他的职位担心，拿着厚厚的俸禄还到处散布美国梦终究破碎的原因——"美国佬总是以为钱能买下一切"。


在那次取消丽江之行后的十多年间，孙芊蔚去过很多座古城，凤凰、平遥、徽州以及与丽江相邻的香格里拉独克宗，还到过其他国家类似的古镇、古堡。奇怪的是，无论公干还是私游，她与丽江都没有机缘。这样反而使得那次取消行程的前因后果，总是会跟着丽江这个地名完整地蹦到她的脑子里。来丽江的飞机上，坐在隔壁的那个男人问她是不是第一次来丽江，她又想起了这桩事。她当然不会跟一个陌生人去唠叨那件陈年往事。不过他说他是第二次来丽江，接着又随随便便地说出第一次是跟前女友一起来的时候，她也顺着说了句："我跟前男友差点儿就来了丽江。"天晓得这个前男友已经前到十多年前了。

男人刚落座不久，孙芊蔚就觉得他看着很舒服，模样身高都落在她的审美点上。孙芊蔚目测他三十来岁。如果不是计划生育的年代，她觉得母亲会给她生一个类似这样的弟弟，或者说，如果时光倒退十年，她想要这样的一个男朋友。他说不上帅，脑门儿偏大，肤色可能时常会被别人误解为过于奶油。聊过一阵之后，她认定他有着与年龄相吻合的稳重的朝气。她总是会被这种类型的男人吸引。他们聊得很愉悦。无形中孙芊蔚暗自调低了年龄，尽量以靠近他年龄的姿态跟他讲话，甚至某些

151

不符合她人生阅历的观点，她也含糊认同。他看起来很放松，仿佛他们已经认识有一段时间了。只有她自己知道，一开始她就不是他称呼中的那个"蔚姐"。

他们坐的刚好是安全门边的两人座位，左右没有第三人打搅。他向乘务员要了两条毯子。盖着毯子抬头看电视的某个瞬间，孙芊蔚竟觉得像是两人在过居家生活。她没有婚姻生活的经验，在认识的人眼中，她结婚的概率慢慢减少只是基于她的年龄；而熟悉的人则认为，如果她不改变某种顽固的挑剔，无论处于哪个年龄段都不太可能结婚。她不是个苛刻的人，相反，她善解人意，因而在与后辈交往中自然能消弭掉一些隔阂。这个刚认识的男人，相谈不久便发出"你哪里像个四十岁的人啊""你看着好小"这样的赞叹。这类话她听得不少，真真假假她都受用。但在结婚这件事情上，她的固执显得很老土。如果避免用"缘分"这个俗气的词来谈她对婚姻的看法，只能笼统地说那些男人都没能与她的灵魂牵手成功。即使爱得热火朝天的时候，她都会因为发生的某件小事而冷静下来，仿佛落入了一个没法解除的咒语中，最终理性地分手。

孙芊蔚离婚姻最近的那次，便是打算一起去丽江旅行的那个前男友。在定下关系之前，她带前男友回家乡过年，见过了家长，还要见见她的几个发小好友。唱完夜场卡拉 OK 后，其中一个人不知从哪里搞到了点烟花，他们决定找个僻静处偷偷放烟花。在城乡接合部的一个幽暗小树林边，他们举着烟花筒，朝天空吐出一朵朵张牙舞爪的大丽花。就在这个浪漫的时刻，一束手电筒的光准确地捕捉到了他们，几个巡逻的城管叫喊着从远处跑过来。大家一阵惊吓，商量着要如何应对。在昏暗的夜色中，孙芊蔚注意到她的前男友，悄悄地转过身，朝离他最近的小树林里隐了进去。就像捉到了恋人出轨，这一幕如此隐秘又如此真切，以至于过去那么多年，她连当时心里那阵羞愧都还没忘。她没有告诉前男友分手的具体原因，在爱与不爱这些事情上，她总是自作主张，不拖泥带水，也尽量降低伤害。在孙芊蔚情窦初开的那个年龄，正是那部日剧《东京爱情故事》流行的年代，她跟许多同龄人一样受到赤名莉香的启蒙，只不过有的人模仿到了莉香的微笑、发型以及服饰搭配，更多一点的就是获得女生追求爱情的主动和洒脱，而她得到的却是一种被人认为不可救药的古怪——仿佛爱情是她自己一个人的事，相比分享美好，她更擅长独自消化伤害。结束一段爱情，她总能让自己面带莉香式的微笑，掩饰着，转身，消失于斑马线对面的人群。她没再跟那个前男友见过，倒是前不久被拉进一个同学群里，她看到了他的头像，跟很多中年人一样，发福，双手交叉搭在肚皮上，痴笑着靠在栏杆前，身后是云雾缭绕的群山。她没跟他打招呼。他也不太在群里讲话。有好些次，她看到他在群里抢某个人丢出来的红包，抢完，总会发出一个"谢谢老板"的职员鞠躬动图。她默默退出了群。

飞机落地那阵激烈的震动还没完全消失，他就迫不及待打开手机要加她的微信。

"程木易。我是实名。"

"我也是。"她手指一点，把他放了进来，在朋友权限选择那两栏，她的手指犹豫了几秒。她为他开放了自己的生活圈。她不认为跟他会发生些什么，只是觉得他不会因为日益了解她之后会对自己失望。她不介意他了解自己。

"我会在古城住两晚，再去泸沽湖转转。"

"是想去泸沽湖走婚吧？那边可是母系氏族哦，当心被摩梭美女熬成药渣……"分别前，他们已经可以随意开这样的玩笑。

"哈，我最适应母系氏族啦。"

"这两天找个小酒馆，约？"他挨近她，认真地看着她。

"好啊。"她的脸莫名涌上了一股热潮，不过还没忘记大大方方地微笑，是那种她自以为的莉香式微笑。

除了吃饭集体行动之外，他们的团队在古城没有指定活动内容，可以自由组合逛逛四方街和嵌雪楼，或者在小酒馆坐坐，聊聊八卦，也可以申请为了寻找劳而不获的艳遇而独自行动。他们自然把老谢和孙芊蔚划分在了一起，笑话老同志作息应该会合拍。孙芊蔚倒是觉得古城的作息跟那些年轻人很合拍，晚睡晚起。

在客栈简单吃过一碗米线之后，孙芊蔚出门去附近转转。快九点了，街上还没几个人，凌晨时分还花样百出的小货铺、小酒吧现在都没了动静，大水车在高处独自转动。热闹的鲜花和密集的盆栽，原地等待，眼睁睁看着太阳从自己身上没收掉夜间得到的小费——露水，挂在花瓣上是耳环，围在胖嘟嘟的多肉上是项链。好在，这些稍纵即逝的馈赠被孙芊蔚用手机拍了下来。很快，在她朋友圈的九宫图下方，前后脚出现了两个名字，老谢和程木易。她的脑子里立即浮现出那个男人。她现在已经可以清清楚楚地想起他的样子了，甚至比飞机上见到的还彻底。昨晚临睡前，她花了不少时间，悄悄翻着他的朋友圈，他的照片、他的美食、他路过的地方……她屏住呼吸，手指轻轻，好像徘徊在他的家门口，生怕一不小心发出了声响，留下了脚印。她还记得他身边那个女人的样子，她多次将那张合影放大到模糊，俗气地认定她的相貌其实配他是不足的。

她漫无目的，走进一条小巷，里边的建筑风格跟主街无异，只是客舍、小饭馆挨得更紧，翘在空中的屋檐与屋檐，像是刚刚互诉完心事只剩相对无言。孙芊蔚忽然想到，在这么多间客舍里，他下榻在哪一家？此刻，他跟她一样已经起床到处闲逛，还是像其他同龄人一样依旧窝在被子里刷手机？这么想着，她心里竟然有点慌张，生怕在某家客栈门口遇到他刚好出来。她不应该让他看到她现在这个样子，至少，她应该穿着那件嫩绿的帽衫。她匆匆转身回去，速度快了许多，凹凸不平的石板路使她看起来走得有点仓皇。

快走到大石桥，孙芊蔚远远认出了老谢。他站在桥中央，一忽而低头去看水，一忽而抬头望望远处，好像天上刚落了些什么东西到水里。孙芊蔚觉得那样子还蛮有意境的，她想到了"文艺"这个词，用手机将他跟大石桥一起拍了下来。

"听说玉龙雪山的倒影会落在这水面上。"老谢指着一个方向对她说。

孙芊蔚也站到了桥中央，望望天边又望望水面。水面除了岸边花树的倒影，什么也没有。她盯着老谢指的那个方向，在一大群浓浓的云朵背后，似乎隐藏着一个比云朵更白更亮的轮廓。如果这轮廓就是玉龙雪山的话，那么等到这些云飘过去，应该就能看到了吧。他们一起站了一会儿。这时已经过九点了，渐渐有游人来往，古城醒过来，店铺陆续开门，放出了急不可耐的小狗，在石板路上哒哒哒哒跑，发出撒娇的欢叫声。

孙芊蔚不确定是不是要站在这里等那一大片云过去。

老谢说："去木府转转吧，丽江紫禁城。"孙芊蔚无所谓，横竖她在丽江去哪都是第一次。

老谢兴致很浓，一路上就跟孙芊蔚讲木老爷，说这个木老爷聪明，一方诸侯，懂得审时度势，建府邸不设城门，不去犯这个忌。你猜，明里他对人怎么解释这个做法？孙芊蔚问题不过脑，反问他，怎么解释？

"木府，要有个城门，那不就成'困'了？他妈的，绝。我们做PR的，哪有人家这机灵劲儿？"老谢不由自主嘿嘿笑起来，被一口痰呛着了，咳嗽好一会儿。

孙芊蔚一时无语，她认为老谢自从被"贬"三线城市，就开始各种自我否定，逃避现实，佩服起这种不知真假的野史。又想到此行回去后，他们多年拍档就要散伙了，孙芊蔚有点唏嘘。

没想到来木府的人这么多。老谢请了个女导游，穿着纳西族服装，红色大褂，背上围着那种古城小店里随处可见的"披星戴月"羊皮坎肩，脚上却穿着这一季很流行的匡威小白鞋，感觉有点"跳戏"。她和老谢就跟着这双小白鞋，踏入了朱红色的木府大门。

孙芊蔚一向对导游的解说词不感兴趣，她喜欢自己转悠，乱看，在边边角角能发现一些有趣的东西。很快，有一拨拨游客围过来，蹭老谢的导游听，老谢只好紧紧跟着小白鞋。孙芊蔚嫌人多，故意落在人群后边。趁那株盛放得有点吓人的桃花树下没人，她拿出手机取景，眼睛一眨，屏幕里冒出了个人，那个人好像是从她手机微信里掉下来的。

"我就知道，我们肯定会遇到。"程木易咧着嘴，高高举起两只手，似乎早料到她要必经这棵桃树，已经等待多时。

"咳，古城小嘛。"孙芊蔚故作淡定，脑子里却荒唐地出现那件绿色帽衫，还摊在行李箱里的最表层。她感到有点懊恼。

他们站在桃树下说话。桃花浓艳，跟他身上那件洁白的T恤是很衬的。看清那T恤的正中央印着一行字——"我们把你们想得太好了"，她笑了。昨天，他们在飞机上，关闭手机前，最后刷屏看到一条即时新闻：外交部长在阿拉斯加霸气怒美国高层官员——"我们把你们想得太好了。"正是这句全民关注的话，使她和他跳过了陌生人试探性的开场白，打开了交谈的护栏，就像在某个酒馆共同看一场世界杯球赛，陌生人会因进球而忘情拥抱。

"九十九一件，这里小店到处都在卖。"程木易用手拍拍胸前那行字。

经他一提醒，孙芊蔚才注意到，在他们身边的游客当中，果然有好些人都穿着这种T恤，白T恤配黑字，黑T恤配白字，男女同款，就像突然涌进来一个规模庞大的旅行团。"动作真快，古城还蛮现代化呀。"

透过人群，孙芊蔚看到老谢跟在那个小白鞋旁边，往后面的狮子山去了。她想爬狮子山，听说上面可以看到玉龙雪山。她跟上了队伍。他跟着她。他们就这样走在最末，慢慢上山。

"你总是一个人出来玩呀？"

"嗯嗯，隔一段时间，我要出来透气。"

"透气？"孙芊蔚意味深长地看他一眼，坏笑。在丽江，"透气"这两个字几乎可以用艳遇来替换。

他从她的表情里猜到了，有点尴尬。"不是你想的那样，就是，暂时逃离一下。"

"老婆放心你呀？"孙芊蔚记起他朋友圈那张照片，那个普通得没有任何气质可言的女人。

"我老婆是那种很强势的人，认为我什么都不敢做，嘻嘻。不过，我是有底线的啦，呃，总之，不会太离谱。"他朝她调皮地眨眨眼，好像跟她能产生一些默契似的。基于这种他所认为的默契，他又讲了些关于自己家庭的事。他跟老婆是相亲成功的，结婚三年，今年老婆准备要小孩。

孙芊蔚其实不太愿意听到这些，她只愿意他是那个在飞机上一起盖着毯子看电视的男人。主要是，听到他说家里大小事是老婆说了算的时候，她居然有点失落。后来，他长叹一口气又说，不过我已经满足啦，她们家在郊区有拆迁房，置换市内两套，给了我们一套。她是独生女。这样，等于我比同龄人少奋斗几十年哈。

的确，她从他身上不太能看到在奋斗或者奋斗过的痕迹。放松，随性，不务正业的涉猎，好像脚底踩着一块西瓜皮，滑到哪里算哪里。她不就是被他这些所吸引的吗？

"出来透气，有意思吗？"孙芊蔚故意将"透气"两个字说得很重。

"说不上，就是想能遇到一些有趣的人，比如像你这样的啊。"他笑着，忽地抬起手，伸过来，似乎是想摸摸她的头。

出于本能，她生硬地闪开，随即担心自己反应过大会伤害到他。这一刻，孙芊蔚特别想做点什么，哪怕像老谢那样，傻傻地顺着小白鞋的手指东张西望。这样可以阻止心里那阵隐秘的悸动奔跑进两人的沉默当中。可是，小白鞋已经领着老谢他们消失在山体的拐弯处。

他的手再次伸过来了，平摊在她眼前，是一只银色的无线耳机。

"我是想请你听首歌。"

"哦，哦，谢谢，好的，好的。"孙芊蔚有点语无伦次。幸好，耳朵里突如其来响起那一阵熟悉的过门，使她的情绪不顾一切，完全集合为一种——那是每次听到这首歌都会不期然而至的感伤。

跟她一样，他研究过她的微信。几个月前，她转了这首歌："音乐响起就泪奔，小田和正七十二岁了，声音还如此清澈，像极了我们逝去的青春和爱情。"他竟很有耐心，从她一日日更新覆盖掉的生活底部找回了这首歌。

《突如其来的爱情》，莉香的微笑如在目前。1995 年，坐在大学宿舍的集体电视机房看《东京爱情故事》，她们不懂一句日语，主题歌响起，她们饱含深情，咿咿呀呀跟着哼。奇怪的是，此后很多年里，这首歌曲总是在某些时刻会从她心里出现，譬如，踩着点上班去追那趟正在发动的公交车，鼓足勇气去找上司提出一些意见，在某次竞争上岗演说之前，某次应酬独自返家的夜路上……那段副歌的高潮部分到来，如同战歌。妈的，二十多年后，她竟然成了这个样子——宽大舒适的灰外套罩着一个松弛、随遇而安的中年妇女。妈的，1995 年，他应该还没开始发育吧。

在歌声中，她的泪水就要夺眶而出了。她只好深吸一口气，假装欣赏前面的风光。

另一只耳机塞在他的左耳，但他什么都不懂。没准儿看到她这副样子，以为她是个有故事的人呢。她没有故事，生活就像现在这样，偶然撞见这首歌，突如其来，又必然地消失在日复更新的微信朋友圈里。

孙芊蔚机械地抬起腿，迈过一级级石阶，转过一个弯，豁然开阔。上山的游客现在全都集合在观景台。顺着大家的目光，她找到了雪山。因为角度问题，在这里只能看到与云团相连的那一点雪山尖，但还是能辨认出来。云团混沌，藕断丝连；雪山清亮、棱角分明。不过还是与预期的不同，她以为能望见画册中那座巍峨的冰川。她看见了老谢，站到观景台的最边边，跟大家一样，抬头看着雪山，手掌却一直拍打着栏杆。她听不到他说了些什么。

那首歌一直在孙芊蔚的右边耳朵里播放，单曲循环。几遍后，刚才那阵浓烈的感伤消停下来，望见雪山的激情也逐渐消退。老谢找到她。他们一起下山。她没跟老谢说起程木易，那只小小的耳机不为人知地被她垂下的头发掩盖起来。他就像过往游客中的一个，默默跟在他们身后。有时候，耳朵里的歌声断了，她悄悄回头去看，他在某段狭窄的山路被人群隔远了。近了，歌声又响起。

蓝牙的接收范围，十米。他不断克服拥挤的人群，努力保持孙芊蔚耳朵里那首歌完整，一遍又一遍。


晚上，团队在一个木楼饭馆聚餐，二楼包厢。老谢姗姗来迟。大家都快把餐前凉菜全吃光了，才见他拎着一个大黑塑料袋推门进来。他先不落座，将塑料袋打开，顺时针走过去。于是每人手上都得到了一份礼物。老谢说是给大家丽江行留个纪念。年纪最轻的小赵挨着门边坐，他第一个拿到礼物，拆开看，是件T恤衫，抖开在自己身上比画，孙芊蔚就看到了那行黑字：我们把你们想得太好了。再仔细去看老谢，他穿一件崭新的白T恤，袖口的褶痕还没完全展开，那行字印在左前胸，比程木易胸前那行稍微偏向心脏位置。

老谢反复强调 T 恤是个人出钱，与公司无关。按人头发完，他坐到孙芊蔚旁边的空位上，顺手将最后一件黑的递给她。

团队里一贯机灵的小赞，展开手上的 T 恤，站起来，脑袋往领口一钻。他太瘦了，T 恤里可以装进两个他，看起来很有喜剧效果。大家看着他，嘲笑一通。他索性开始表演，围着桌子夸张地走几步，忽然，朝门口的方向一望，像见到了鬼一样。"Oh, Mr. Darcy , Mr. Darcy. "（"噢，达西先生，达西先生。"），他对着木门点头哈腰。说完，又迅速挪到门口的位置，换了 Mr. Darcy 的语气："You are fired ! get the heck out of my office ! "（"你被解雇了! 滚出我的办公室。"）靠门边的小赵惊叫几声，配合了他的表演。有段时间，不知道谁做了他们大老板 Mr. Darcy 的表情包，这句话在公司流传很广。老谢用手指着他，哭笑不得。"Oh,no, you can't do anything to me, Mr. Darcy, give me a chance ,please,please. "（"噢，不，你不能对我做任何事情，达西先生，求求你，求求你，给我一个机会。"）小赞求饶的表情滑稽，加上他天生八字眉，皱起来真像个倒霉蛋。大家被这个倒霉蛋的形象逗笑。受到笑声的鼓励，小赞身板一挺，瘦长的脖子从空荡荡的 T 恤里抻直，指着门口那个看不见的 Mr. Darcy，抑扬顿挫，中气十足，说了出印在衣服上的字："I think we thought too well of you." （"我觉得我们对你太好了。"）

小赞用做作的英语念出这句话的时候，笑声收敛了，好像那个看不见的 Mr. Darcy 真的推开了包厢的门。

"这小兔崽子。"老谢站起来，指着他笑笑，"来，白切一杯，祝贺演出成功！"

孙芊蔚喝的是啤酒，名叫"风花雪月"，跟这两天他们在古城必点的一种叫"水性杨花"的蔬菜很配。

他们订的是全菌宴。每一道菜里都有菌，每一种菌都不重复。牛肝菌、鸡枞菌、羊肚菌、扫把菌……他们认不出几种，每上一道都要问服务员，转盘一转，又忘记了哪盘是什么菌，七嘴八舌讨论一番。于是老谢给大家讲个吃菌的故事。说是多年前有个朋友，吃货，吃遍了常见的食材，就去各地搜罗珍馐。有一次去了大理，当地一个朋友跟他有同好，带他去吃一种菌。这种菌长得很魔幻，菌盖肥厚，布满白色凸点，像苍穹上的星，入口，有一股说不出的腥鲜，长久挂在口腔内，辣酒都冲刷不掉。吃下半小时后，人先是涕泪肆意，继而异常亢奋，眼见一个个小人儿从桌子上咕噜噜滚落地上，围着自己跳舞，而自己却变得巨大无比，头顶着苍穹，天灵盖上能感觉有星星擦过，凉飕飕的。老谢讲得真真的，如同是他本人亲历。座中鸦雀无声，不知是在怀疑还是吃惊。老谢讲完，小赞赶紧说，百度一下，百度一下。大家才回过神来理性分析，认为应该是一种毒菌，致幻。

　　孙芊蔚在老谢讲故事的时候开始坐立不安。吃饭途中，她接到一条微信："我在小巴黎酒馆，你来不？"他已不再称呼她"蔚姐"，是坐在"我"对面的"你"，一切关系开端的"我"与"你"。接着他又发了个定位过来。虽是意料之中，孙芊蔚依然忐忑。她打开那个定位图，酒吧街，在她的西北方向。从图上看，他坐着的那张吧凳与她此刻屁股下的凳子，相距不到五厘米。她觉得凳子的四只脚已经稳不住自己了。她站起来揉了几下腰椎，故作久坐腰酸的样子，扭扭脖子，就像在办公室做的习惯动作。接着她顺势走到窗前，仿佛第一次发现那上边居然摆着那么多怒放的鲜花。她在窗口延宕了一会儿，透过花丛看出去，古城像是在过某个节日，游人熙攘热情，灯光浓妆艳抹，天上明月催人……她望不见酒吧街。坐下来，他们还在议论老谢讲的那些小人儿，她一句都听不进去。过会儿，她又起身去卫生间。在镜子里，她看见了自己，嫩绿的帽衫显得她年轻了些，"风花雪月"酒使她的脸红扑扑的。她从口袋里掏出口红，给嘴唇补了点颜色。她盯着自己看，认为完全可以从卫生间直接溜出去，小巴黎酒馆，"嗨，

161

喝到第几瓶了？"她连第一句话都想好了。就在对着镜子表演的时候，她看到了额头上那根白发。它居然又在那了！早些时候，它就像跟她玩游戏般，先是潜伏在黑发中，被她找见，她把它拔掉了。过一段时间，它又长出来，小旗杆般竖在头顶，反而特别显眼。她又用手去拔，但是太短了，手指根本没法使力，她只好用剪刀剪掉。"春风吹又生"，它是什么时候又悄悄发芽的？她不得不花点时间专心对付这根理直气壮的白发。对着镜子，她数次用手指拈起它，可是一用力，它就从指缝里溜掉了。最后一次，她用指甲尖夹住了它，使劲一捋。它立即柔软了下来，卷曲，钨丝一般，垂挂在她的额前，是她头发当中的一根变异，在灯光下特别耀眼。这卷曲的战栗，将会成为她与一根白头发"奋斗"过的证据，暴露在他的眼皮底下，将会被识破出她的努力。她认为这是不该为他所知的，连同她一开始对那件绿色帽衫的焦虑。

重新坐回到凳子上。他们的话题没变，还在讲那种魔幻的毒菌。小赞问她："蔚姐，你有没有产生过幻觉？"孙芊蔚咕嘟喝下一大口酒，不置可否。如果此刻真的有一个个小人儿从饭桌上跑下来，她一定会命令他们，立即动身，去酒吧街，去小巴黎酒馆，看看那个等待的男人现在还在不在？她会隔一分钟命令一个小人儿出发。

1995 年的那个电视机房里，她们一边掉眼泪一边大骂。永尾完治因为关口里美的到来，眼睁睁看着约定的时间一分一秒过去，而那个可爱的赤名莉香在寒风中等到了深夜。这是她们第一次感到爱情的意难平。这画面刻骨铭心，以致孙芊蔚在现实中，遇到这类纠结、软弱的男人，掉头就走。现在，孙芊蔚始知等待有两个部分——等待时间到来和等待时间过去，不能说谁更好受一些。


大概是酒的缘故，孙芊蔚根本没有睡意。借着清醒的酒劲，她改变了

162

他的权限，轻轻松松的。从此，他看不到她，他点开她的朋友圈，将会看到一条淡淡的灰线，她沉潜在这条灰线以下，在他看不到的时空，每一天，她跟过去一样，更新、等待，更多内容是在做着他所认为的那种奋斗。

做完这一切，她披了件外衣出门。草丛边的路灯，照见那匹匍匐的木马，夜色掩盖了它身上的沧桑，姿态的确是有点萌的。转了一圈后，她站到院子中央。古城灯光褪去，夜空繁星毕现。她有多久没看到过这么清晰的夜空了。越看，星越密。在正北方向，一颗最明亮的星吸引了她，在这颗星导引下，她竟然幸运地串连出了那只大勺子，如此坚定的七颗、如此坚定的距离。她像发现了新大陆，差点叫了出声。很快，她的耳朵像被谁塞进了一只耳机，没有任何前奏，突如其来，直接是那段高亢的副歌。仿佛一只无形的手，摁响了天上那七个音符，忽明忽暗，又远又近。此刻，蓝牙的接收范围是无限。

走　甜 |

苏珊又迟到了。

拖延症从睡眠开始，终于拖进了白天的行为当中。夜晚，苏珊的意识每每卡在两点到三点之间，便不再问，干吗睡不着？仅问，睡着了又醒来，到底为了什么？清晨，宋谦紧了紧怀里的苏珊说："呃，这个问题嘛，已经跨入了哲学范畴，老婆，开始玩深刻啦？""中年人啦，可不该玩玩深刻吗？"最近，苏珊经常把"中年"二字挂在嘴边，可在宋谦看来，只不过是她新发明的另一种撒娇方式罢了。

苏珊最讨厌别人装深刻。要到多深才能刻下来？刻下来做什么？当记者那么多年，她最欢迎那些有话直说的采访对象，说出来，记下来，发表出来，一沓报纸，一天就过了。时代便是由这一沓沓报纸垫起来的。苏珊就是时代的搬运工。

现在，苏珊要来"搬运"的是一本书。盛大的发布会，规格之高难以想象，仅仅因为某领导在某场合，说到最近阅读了该书。第二天，这本书就疯狂加印。刚才苏珊在记者签到处拿到这本书，那领导的名字已经大大地围在了腰封上。时代，也是由一个个这些人的名字围起来的。

与此同时，苏珊也看到了他的名字。如前几次会上所见那样，忝列在领导嘉宾名单里，排名倒数。他不见得会来，他可来可不来。新闻通稿上，大方一点的版面，他的名字往往会在"等"字之前出现，金贵些的版面，他就没入"等"之后，无迹可寻。不知为什么，苏珊对他很大方，每次发稿，都把他稳稳地放在"等"的前边。这是她对他唯一能做的。只见过几面，说过几句话，苏珊就对他有好感。四十岁了，好感不容易培养。生活对她来说，像被剔剩下的鱼骨架子，横竖挑不出一块好肉来。

发布会后，照例是吃饭。

那张圆餐桌只剩一个空位了，碗筷也没被动过。苏珊一坐下来，才发现，左边是他。看起来，他也来迟了。服务生为他俩补上了汤盅，青橄榄白肺汤。苏珊顾不上跟人讲话，低头喝汤，一勺、一勺。几勺喝下去，发现身边那人，跟自己的频率几乎一样，埋着头，一勺、一勺。他和她的脑袋快要凑到一起了，那么近。苏珊有些迟疑，故意放慢了勺子，脑袋依旧低着。他的勺子竟也放慢了下来。她用余光瞄了他一眼，他喝得认真，不知道是真认真还是假认真。她认为他们的余光是相遇了的。苏珊心里生起了一阵暖意，她跟他是一伙的，是同桌的他，甚至青梅竹马，两小无猜。苏珊有了奇怪的纯真的想法。

发布会结束后，苏珊马不停蹄交当天稿，在电脑前敲下他名字的那一刻，她就有了甜蜜蜜的滋味。那个人，不知道什么时候变甜的？甜的滋味，苏珊近几年便刻意躲避。她已经进入了易发福的年龄。她是个克己之人，为了保持没生育过的身材，年轻时喜欢吃的巧克力、冰激凌、甜点……这些东西被列入了她的黑名单，想到那种浓郁的香甜，她甚至会打冷战。她一直都戒不掉咖啡，却再不敢加糖。报社楼下那家路边咖啡店，每次见苏珊来，店长便自觉地朝制作坊里喊一句——走甜！即使到任何一家茶餐厅、咖啡馆，点咖啡的时候，她也会自觉地吩咐侍者——要走甜啊！

走了甜的咖啡，喝不惯的，觉得苦涩，苏珊喝惯了，倒觉得醇香，越浓越黑，仿佛独自一人走在伸手不见五指的夜里，体会到某种神秘和美妙，那远远是光明所照不到的想象的极地，漫步在那样的途中，或许有惊慌，有志焉，呃，当然更多的时候是——什么都没有。这些多如牛毛的微微的失望灭绝了她的任何一种期许。苏珊感到自己就是沐浴在这种失望的毛毛雨中，一日日走下去。

制版车间新来的那个90后小美编，请苏珊下去对照图片说明，顺便评价了一下那张合影。她用鼠标扫射过那一排人，长叹一口气，说，根本没有一个能看的，最终又无奈地加上一句，也就这个大叔勉强还想搞一搞。苏珊的心暗颤，顺着她的鼠标看去，见他站在最边的位置，清瘦，与旁边那些发福者、松弛者、毛发稀疏者自然迥异。他似乎没看镜头，在发呆，无神无情的困茫。苏珊又开始多想了——那表情是什么意思？那脑袋在想什么？他在会议背后的生活会怎样？他有什么有趣的习惯？进而，她又想，他那衬衫底下的身体长什么样，喜不喜欢晚睡，嘴巴里有没有口气，有没有红颜知己？……她的疑问越来越具体。像采访一样，她准备了十万个为什么。

小美编把她的走神捅穿之后，她感到无比羞愧，太流氓了，太形而下了，太不知识分子了……她在心里嗔怒自己，像是心里边坐着一个正逢青春期的丫头，既想管着她，又不自觉要放任着她。


他自然是看到了那则新闻，他的名字在"等"的前边，还附着照片。他盯着照片里的那个自己看，徒生自恋，老了老了。在某些时刻，他还觉得自己是个男孩儿呢。他是不服老的，不为人知地叛逆地还要囚着那个男孩儿。昨天，俯下头喝汤的时候，发现那女记者也跟自己一样，喝得忘我投入，他就想，等着她一起，一勺、一勺。他喜欢自己那样，无声地独享一些小心思，时而有趣，时而歪邪，时而沮丧，时而凄美。不过，再亲密的人，也见不到那男孩儿了，他就是月球上的彼特·潘，孤单得像所有童话的本质。偶尔，他也任性地在自己的衣服上泄露出那样的小心思。白衬衫第二颗扣子的位置，掀出一角看，里边有只睁着左眼的小猫头鹰，是在埃沃店定制衬衫的时候，特意吩咐绣上去的。更明显一点，通常便是在衣袖口、领子上、口袋边，嵌上一条小花边，也不是随便的小花边，是费了心思选的，从不令人感到似曾相识。这些表现，足以让人们给他下了个定义——闷骚男。单位里，他是多数小女孩儿欢迎的中年大叔：有那么一点小权势，不大，所以好接近；有那么一点小沧桑，不老，可以挽手走上一段；有那么一点小情意，不乱，任谁也不去折磨；有那么一点小讲究，不张扬，就感觉不出装来了……当然，他也是多数中年怪阿姨不待见的人，她们眼中的他，一把年纪了，仕途不上不下的，却外貌协会得紧，与自身年龄不匹配的身材和衣着，仿佛时刻准备着要出门谈恋爱似的。她们其实也不是真不喜欢他，只是要暗暗保护自己——她们对他再好再多情，他对她们而言，也总归是个大步流星客。

盯着照片里的自己看了半晌，他才去看旁边那些领导。一个两个三个四个五个六个七个八个，指认着那些相识不相识的人。他老婆总说，你呀，还有多少张凳子要越过，还有多少个人头要赶超？再不下功夫就来不及了呀。现在，他的手指从自己身边出发，将那些人头琴键一样弹过去，脑子里无端端就响起了女儿考试前，时常哼的那首欢乐的《水果歌》："来来，我们都是水果，过过过过过过……来来，我们都吃西瓜，挂挂挂挂挂挂……"人生啊人生，不过就挂，过过过，挂挂挂。他的手指停止了动作。

跟以往的无所谓不一样，他把那张报纸留了起来，并且翻出苏珊的名片，手指触着屏幕，熟练地给她发了一条短信：

"报纸看到了，谢谢，找时间喝汤。童。"

仿佛是一条回复。

在他放好手指的同一时刻，苏珊 SIM 卡里那一千多个人中，猛然就跳出他来。是头一次，却仿若老朋友了，好像昨天才搞了几个回合的短信来

169

往，今天又续上了。

一整天，苏珊都在惦记着这条短信。下班，她把车驶到五环外，停在僻静的道边，写上一个字，待定未定的时候，取消了，又开始琢磨另一个字。车是密闭的空间，苏珊在里边捧着手机，神经病一样，时而自言自语——"童"什么"童"，你是谁呀？你以为你是大明星、大人物呀？真搞笑！时而，她又看着那条短信，屏住笑。原来那天他也注意到一起喝汤的细节了，那么，他的心理活动也是跟自己一样喽……丢死人了！她的脸便红了起来。像个等待约会的女孩子，苏珊为他发出的邀请认真地纠结着呢。直到宋谦的电话铃响起，她才平复。

宋谦是要带她到一个地方吃鱼眼睛。他说，那地方，专门吃鱼眼睛，有各种做法，很刁钻的。宋谦知道苏珊喜好味蕾上的冒险，但凡在菜肴里能挑出一个亮点来的，他必带着苏珊去尝试。看着苏珊欢喜地吃新菜的样子，他觉得她还没长大。或许由于他俩选择了丁克生活，他把所有的父爱都投放到了苏珊的身上，把苏珊想象成了自己的女儿。

苏珊望了望窗外，这是个自己几乎没怎么到过的地方，怎么会停在这里？真是鬼使神差了。她很快找了个宽敞的地方，掉了个头。

驶回市区，穿过百花隧道，车不多，里边就显得特别幽暗。为了享受这种幽暗，苏珊放慢了车速。她的目光扫见了一个小岔口，那是隧道侧边凹进去的一个横向岔口，不大，只能容一辆车停驻。每开百把米，就会凹进去这么一个横岔口。苏珊恍然，那是用作临时停车的，就像高速公路上的服务站。苏珊平时从没注意过。她开始刻意去找这些横岔口，左一个、右一个。在隧道口的光亮隐约透来之时，苏珊瞄到一个岔口里，有辆车停着，里边似乎坐着两个人，一男一女。肯定是一男一女！苏珊坚决这么认为。她很快闪出了"车震"这个词，这可不是一个偷情的天然好地方吗？苏珊脑子一热，好像写稿子的时候，某种灵感降临，文章出现了神来一笔。

好在，没过几秒，连人带车地，她就弹出了这条幽暗的百花隧道，迅速被一整个光明拥抱。

现实这个亲切的主人，隔着明亮的车窗朝苏珊打招呼——你好，苏珊。苏珊莫名地感到有点失望。

晚上，临睡前关机，苏珊平静地给那个"童"回复："不客气的。"她把自己装得很大牌。

说"不客气"，他倒也真的跟苏珊不客气起来了，邀请喝汤的事情便再没了下文。


记者这个行当，苏珊干十多年了，如今在每个采访的场合中，放眼望去，全是十多年前的那些自己。她不得不承认，应该从这个战线上撤下来了。然而，正如她对饮食的态度一样，但凡有一个亮点，她都想着要去尝试。对工作也如此，她拖拉着自己残余的一点好奇心，抱着虚假的热情写出故弄玄虚的一篇篇报道，偶尔也会被自己炮制的那些故弄玄虚所蒙蔽，能高兴个几天。现在，她不愿意也得承认，他成了她工作的一个新亮点。每次去开新闻发布会，她都隐隐地期待他露面。这些期待从一点点的潜意识的亮光，逐渐浮现成多种行为，比方说，出门前对服装挑来拣去，在耳背藏一些知性的暗香，在微笑的脸肌部位染上一抹橘红，把几乎要耷拉下来的眼睫毛重新卷翘起来——是要为他刷新心灵的窗户吗？她跟他遇见的次数比从前多了起来，在很多她认为他不会出现的场合，他竟也会不期而至。她从他不时瞟来的余光里，读出"这不是偶然"的信息。于是，她将这样的信息，按照职业思维惯性，故弄玄虚成一篇篇美文，只是，这美文只发表在自己内心深处，是内参。

在一次会议的茶歇，她注意到他并没有离开自己的位置——她早已经发现，他总会做出些不随大流的举动。她倒了两杯咖啡：一杯惯常的走甜；

171

另一杯呢，她犹豫了一下，没加糖，只是把糖包放在碟子上。她小心地端着两杯咖啡重新走进会场，远远地，就看到了他的背影。他举着手机正对着空无一人的主席台，似乎在拍照，他是那样专注，以至于她走近了他，他都没有察觉。她起了童心，蹑手蹑脚地走到他背后偷看，只见他的手机屏幕上，正尝试着将自己的桌签和整个主席台背景都装进去。由于他的桌签摆在主席台的偏僻处，所以取景特别困难。放大、缩小，左侧、右偏，煞是苦恼。她"噗嗤"笑了出声。他回头，看是她，竟也不觉得尴尬，默契地回以一笑。这一笑，使她找到了那次喝汤时的感觉。她放下手中的咖啡，一路小跑过去。上主席台的阶梯有那么五六级，她像少年般，两步就跃了上去。她拎起他的桌签，重重地蹾在了正中的主席位上，朝台下的他示意，拍！他果然大方地用手机嚓嚓地拍下了几张，拍毕，朝她做了个OK的手势。她则调皮地伸伸舌头，乖乖把他的桌签重新归位。

做完这一切，他才想到要环顾四周。确认会场上除他俩再无旁人，他才放下心来。

不出苏珊所料，他把那包糖撕开了倒进咖啡里。一杯甜咖啡、一杯走甜咖啡，二人边喝边轻声聊着。话题是没什么意思的，只不过二人一直单独待到茶歇结束就是了。

很多可去可不去的会议，他最近都频频出席。他老婆命令他，这段时间，大会小会必须场场到，混个脸熟，找适当机会争取发言，露露锋芒。宝剑不出鞘，焉知它是块宝还是废铁？他老婆是个理科生，没什么文学修养，用的比喻也通俗，原本也没什么资格命令他，只是最近她掌握了话语权——她七拐八拐，搭上了一位贵人。这位贵人用她的话来说会"带领着老童进步"。这位新调来的组织部长，被她老婆攀成了远房堂哥。在她的数学头脑考证和梳理之下，这位部长的确跟她祖上有过那么一枝交叉的亲戚关系，只是仅仅交叉了那么一枝，人家又远远地蔓延出去了。不过，"关系不够礼来凑"，无论如何，这位跟老婆同姓的部长已经认下了这房突如其来的亲戚。于是，老婆的命令就代表了组织部的命令，每每他露出懈怠的时候，她就软硬兼施，命他重整斗志。

说到底，他是个相当自恋的人。对一个自恋的人，你要他拉下自己的面子去求官当，还不如叫他涎着颜面去追求一个红颜女子呢。在他的经历当中，无数次证明了这一点——遇见好女子比碰上好位置的机会多得多。在各个年龄段中，朝他暗示好感的女子，他几乎都能敏锐地捕捉得到。他得意地认为，只要他稍微迈出一步，那些女子都会被自己一个个拿下。只是，他终究注定不是个做大事的人，即使对那些自己亦心动的女子，他也只不过跟别人搞搞暧昧，无疾而终——也许总落不到实处，她们纷纷失去耐心，断了这种隔靴搔痒的游戏。要知道，如今满大街都是现实主义之人，要钱要权要快感，此外一概不要。像他这样的人，你可以说他过时，也可以说他不现实。不过，知夫莫如妻，他老婆对他们的朋友总是大大咧咧地说："我们家老童啊，别看那么爱臭美，其实是个胆小鬼，有贼心没贼胆的！"仔细琢磨一下，老婆说的也不是没有道理。每每有越雷池半步的念头，他心里总会敲出一声长鸣警钟——纸嘛，肯定是包不住火的！这句恶俗的话虽然讨厌，却让他免遭了很多麻烦。这些麻烦，打开报纸和网络几乎无处不见。他心惊肉跳地认定，情色即是一种腐败的开始，就算如初恋般美好的两情相悦，最终也不免落入俗套。

然而，胆小归胆小，却阻挡不了他一颗爱人的心。他是这么想的，横竖是自己在心里爱爱。心嘛，总是比纸要厚实得多，总是能包得住自己的火的。比方说，最近，他总能在会场上看到的那个女记者，他觉得他在爱着她了。怎么说呢，以他的目测看来，她已经不年轻了，但也不觉得老，还能从她的身段和表情中，看到若即若离的青春。他喜欢这样年龄的女子，

173

既不青涩，也不凶猛，既成熟，又不乏女儿态。她们懂得欣赏自己，也懂得别人在欣赏自己。更重要的是，她们能接收到别人的好感，并且能及时地对别人回应出好感。于无声处，不需任何证据，他就爱上了那样的她，并且也感受到了她对他的爱。这些没有证据的爱，让他感到无比安全、无比轻松，甚至认为自己可以放肆一爱了。

像被某人做了恶作剧，苏珊的人生里被投进了一颗糖，那些糖分如细胞一样游泳，在苏珊的身体里畅游。她不再讨厌失眠，意识不再在嘀嗒的闹钟上卡壳，她轻易地拉起那些细胞，跟它们一起畅游，畅游在他的容貌上，在他讲究的鬓角边，在他细致地卷起的袖口，在他用心装饰的花边……她甜滋滋地想，他跟她心思一致，他知道她会出现，于是，他也会出席，她便能经常在公众场合上邂逅。这种有意的邂逅，感觉不异于约会。她在黑夜中一想到"约会"这个字眼，就浮现出一条如眼前夜一样漆黑的隧道。那隧道里，细胞一般分布着一个个小岔口，停车暂做爱，如此刺激、如此销魂、如此绝望……像一部小众的法国文艺片。她想得很多，想得脸红心跳，已无力去追逐睡意了。趁天还没亮的时候，她理性地认证了一下对他的爱。她爱他，是纯粹的，不怕被人笑话，是纯真的。不像那些迟暮女人，重新试爱，是为了证明自己魅力犹存，还具有爱的能力。也不像那些无知妇女，因为不满意家庭关系，纯属打发无聊的生活。更不像单位里那些来势凶猛的年轻女孩儿，为了缩短奋斗历程，以青春交换权势。苏珊认为，对他的爱，如果说有功利目的的话，她自认是一种很文艺的目的——绽放她的中年肉欲。她看过不少新浪潮的文艺片，整片仅有一个主题：打开生命的禁锢，让人欲出入自由。她往往会被那些背负惩罚甚至付出生命代价的男女主角感动得热泪盈眶。怎么会这样呢？她不是个性欲很强的女人，她不封建，但也不开放。她是个知识女性，不需要在男人的身体上认知自我或者实现自我。她唯一能解释的是，她会被这样的男人吸引，逐渐稀少的荷尔蒙还会为他汗毛般竖起。她在暗中期许，跟这个得体的男人来一场艳遇，直白一点说，来一场性爱，将会是她人生中的又一次阳光普照，将她中年路上那毛毛细雨般的失望暂时驱走。这种期许，成为一种持续的亮光，让她即使拖着失眠的身躯迎接清晨的时候，也不至于懈怠甚至厌世。

当她双脚踏下床，整理自己，开始迎接新一天，虽然内心激情饱满，但肉体却扛不过一夜失眠，她的脑袋感到很沉重，并且开始疼痛。不过，她并没有被肉体的疲倦所击垮，她像个斗士，明知不可为而为之。对付肉身的这种疲倦，她自然有自己的法宝。她将宋谦从香港带回来的正版斧彪驱风油揣到随身包包里，疲倦不支的时候，就在太阳穴和耳根的下关穴处涂抹几滴。那些刺激的凉，可暂时麻痹困倦这个敌人，振作精神。她只认这种正版牌子的驱风油，味道是她喜欢的，效果也是她多年验证过的，果然如瓶子上那行繁体字所写："居家旅行 常备良藥。"她介绍给单位里几个要好的同事，用过都觉得好。每当丈夫宋谦到香港出差，这些同事便纷纷要求搭买。买回来后，苏珊便大方地免费分送。这些人得了优惠，每每在苏珊面前夸她丈夫是"一等一的好丈夫"。更有风趣的人，称她丈夫就是一瓶斧彪驱风油，是"居家旅行的常备良药"。苏珊对这些赞美，都一一笑纳。在女人面前夸赞自己丈夫的好，往往是不存一点私心杂念的，也可以说是一句礼貌的话了，跟那个丈夫其实关系并不大的。就像她，断然不会跑到他的老婆面前去夸起他来，她甚至歹毒地认为，他跟她老婆关系极差。越差，她越心疼他，就越想要爱他。

那天下午，苏珊收到了他的短信："28号的迎春酒会，去的吧？童。"在苏珊看来，这有别于那条喝汤的短信，如一首藏头诗，隐含了时间、地点，她还读出了幽会的信息。她又迅速感到了一股甜的滋味。

文化厅的迎春酒会年年搞，苏珊是从不参加的，嫌累。通常是某个晚上八点开始，近乎一个小时的官员讲话，剩余的时间自由交谈、跳舞唱歌，近几年听说还增加了个"挥毫"的环节。老干部们闲下来喜欢玩书画。那些拍马屁的年轻人，懂或不懂，都围拥在画桌前，装腔作势，抢着要墨宝。抢得越激烈，老干部们越尽兴。在他们眼里，这些小年轻，就像一群孩童追着闹着大人们分糖吃。给谁不给谁，给谁多给谁少，他们可从不会老糊涂。苏珊并不是不懂得官场那一套，只是这些事情与她无关，当个旁观者，看多了听多了，也觉得其实当官这件事情，既无趣又无聊，还不如跟着娱乐记者听听娱乐圈的情爱八卦来得人间烟火。

可以说，2013年剩下的那几天，苏珊是以一种春天般的喜悦度过的。有赖于他的那条短信，她的年末忧郁症并没有如往年那样发作，她既没有因为又要向中年挺进一步而感到忧伤，也没有因为一年的碌碌无为而感到虚妄。相反，她在自己的QQ空间里，诗兴大发，写下了很多美好的、比喻的句子，以表达她那些不可与他人言说的心绪。她把自己比喻成一杯加了糖的咖啡，甜分适中、温度恰好。她想象着，他素净而暖和的双手，将她端起，放到唇边，并不急着去尝，只是微笑着，低头端详，仿佛要在那黝黑的水面上寻找自己的倒影。直到那水面上也泛起了微笑的波纹，最终，唇才挨下去，一亲芳泽。她写道："喜欢一杯咖啡，带着香甜和温暖，进入一个人的体内。末日即使真的如期降临，再生之门依旧为爱敞开。"她这句话，被同事们在QQ空间看到了，被拿来取笑，故意说："苏老师，最近好抒情哦，开始作诗啦！"有个正在谈恋爱的男同事，正儿八经地征求她的意见："苏老师，你把这话授权给我吧，我把'一杯咖啡'换成'一个女人'，写给我的女朋友。"苏珊听了这话，一阵发虚，仿佛被人揭发。

28号那天，苏珊过得忙不迭脚，上午到社区采访完一个送温暖活动之后，中午回报社赶稿，下午，开个简单的报题会，空下来已经是三点多了。

本来还有一份年终总结要交，苏珊顾不上那么多了，她把那张表格锁在抽屉里，果断地结束掉一切庸俗事务。按照自己的计划，她先到美容院去做脸，到美发店去做头，再到商场去挑一套漂亮衣服，最后，约会去……

在商场，她做了一件至今想来仍觉得羞愧的事情。她挑选了一套质地精良的裙子，整体流畅有品位，小立领，用一粒小盘扣紧致地将她修长的脖子圈起来，遮住了岁月附送给她的那两道隐约可见的颈纹。谁知道，设计师在胸口处恶作剧似的挖了个小椭圆形的口子。如果说整袭墨蓝色的裙子像一条密实的蜿蜒的隧道，那么，胸前的这一块椭圆形，就像隧道中一个临时停车用的岔口，故意留给人停驻喘气的。苏珊在这块椭圆上犹豫很久，她觉得这个地方有点卖弄风骚了。专卖店的小姐不断说服她："这个地方是设计师的得意之处，是整套裙子的亮点。姐姐你皮肤那么白，胸部那么丰满。来我们店的很多女人喜欢这套裙子，试了之后，这个地方都撑不起来，都不敢买。人家羡慕姐姐都来不及呢……"店员们围着苏珊七嘴八舌一阵强攻。苏珊对着穿衣镜前后左右照来照去。也奇怪，她的眼睛无论如何总会停留在那个小椭圆上，看起来的确是个亮点！她果断买下。为了更好地撑起这个亮点，她还到隔壁内衣专柜，去买了一只新的乳罩。乳罩有个好听的名字——水盈盈。在杯罩内侧嵌有两只水袋，导购小姐说，是新开发的产品，具有侧拢、挺拔、按摩、调整等作用。苏珊一穿上，果然胸部高耸。关键是，那椭圆形的亮点处，随着人体的活动，便增了一道时张时闭的阴影，就像一只丹凤眼的眼睑上涂了生动的眼影，连自己都看着很美。


酒会当然是没多大意思的，不过，多了他不时投来的带有赞美意味的目光，她就觉得有不同之处了。她暗自觉得买下这套裙子真是一个英明的决定。在他鼓励的注视之下，她竟然飘飘然起来了，端着酒杯，优雅地朝他坐的那一桌走去。她单独向他敬酒，像两个老熟人。他也站起来，嘴角带着笑意，客套地夸了她一句。她听了脸一红。随后，他拉拉她的袖角，示意她到一侧说话。她听明白了，他是要她等他，等到自由交流的时间。"我们散步去。"他是这么说的。她眼中的他，今夜比任何一次会议见到的都清俊，而且她还从他的身上闻到了一股清香。

接下来，一个领导，又一个领导走到话筒前。都讲了些什么，苏珊脑子一片空白。也许由于一整天神经都绷得太紧了，也许这套裙子将她的身体收束得太紧了，她坐在椅子上，沉重的疲乏逐渐压低了她孔雀开屏般撑起来的精神，很快，那种熟悉的头痛就升上来了。她从自己的包包里，熟练地找到了那瓶"居家旅行，常备良药"，分别在自己的太阳穴、下关穴涂抹了几下，稍微缓解了一下疼痛。不过，没多久，她又感到难受了，不得不又用斧彪驱风油多涂了好几下，直感到自己的脑袋和耳根都热辣辣地刺痛了，那股欲裂的头痛感才被打压下去。

领导的讲话终于结束了，人们从座位上站起来，开始互相走动。她也站起来，在人群里寻找着他。一度，他在跟几个相熟的人说话，她远远地看他，觉得他是那么与众不同。一度，又有几个人拉他去拍照，当然是年轻女孩子居多。她看到她们活泼可爱地挽着他的手臂合影，心里觉得很自豪。

后来，他在不远处给她发了个短信："先到楼下等，我就来。"这次，没有落款"童"。

她乖乖离开了会场，下了楼。南方，岁末的气温是凉的，她穿着那裙子，竟然也不觉得冷。

她不知道，今夜他将会带她到哪里去。此刻，她的心里充满了浪漫情怀。她一路踱步一路想，即使带她去私奔，她恐怕也愿意跟他去的。

没过一会儿，他就从宾馆门口出来了。他们并肩朝前方走去。他用手

178

不时地扶扶她的后背。她并不知道他要走到哪里，只是默契地跟着他。他们边走，边轻声地聊着那场没意思的酒会，却也没说起一句带感情的话。走到一个路边小花园，路灯暧昧地照着一丛丛竹子，他自然地带她走了进去。

竹林里是暗的，暗得让人紧张。苏珊的紧张不是没有理由的。他的手已经搭在了她的肩膀上，越往里走，他的手越往下滑。最后，他们并肩站定了，相对着。先是她害羞了，撒娇着把头扑进了他的怀里，便没再动弹。他几乎是颤抖着，低下头，用手端起她的脑袋，捧着她的脸。他似乎在试图看清楚，也看不出什么名堂来。接着，他的唇凑近了去，慢慢地凑近她的脸颊，再往下，凑近她的耳根。苏珊觉得一切太顺其自然不过了。她在黑暗中等待他的到来。

可是，不知道为什么，正当他的唇挨近了她的耳根，她感到了的他迟疑，就像一支秒针在钟面上忽然卡壳，再不蹦跶着往下走了。沉默了一会儿，突然听到他在黑暗中，"唉"地长出一口气，说："要是，要是能早点遇到，我一定不会错过你！"说完，放开了她。

她呆若木鸡，身心如被冰浸。

苏珊独自走回家的一路上，各种情绪如飞镖打到她身上。她根本看不清它们，疑惑、不解、不忿、羞耻、气恼……她躲闪都来不及。在十字路口等绿灯的时候，她试图用几秒平静下来。绿灯亮起，她大步走过马路。迎面过来一个老头，大概有六七十岁的样子，一直盯着苏珊胸前那个椭圆形的亮点，眼睛一眨不眨地，几乎要跟旁人撞上了，还是不肯眨眼。

苏珊的愤怒瞬间如火燃烧。尽管她刚刚才发誓，此后死也不再相信任何比喻、任何想象，她还是不得不对那两只依靠水袋的帮助高耸起的乳房做了最后一次比喻，她觉得它们完全就像一对笨蛋，是这个世界上最愚蠢的笨蛋！

从竹林里出来，他折返了酒会。如他所料，正是酒会的高潮环节，那些平日里基本见不上的老领导，此刻亲民得很，在众人的簇拥之下，笔墨丹青，一气呵成，俨然大师。他老婆临出门的时候，吩咐他注意要跟某个领导套近乎。他很容易就找到了那个领导的桌子，挤了进去，边看边激赏。他自知，说的全是违心话，却也不觉得肉麻。横竖今天晚上，他对那个女记者已经说出了他这一生最为肉麻的违心话。他本不想说那句话的，他想凑到她的耳根下，告诉她她今夜很美丽动人，他喜欢这样的女人……然而，他的话还没开口，就闻到了她耳根散发出一股药油的味道。这股味道就像他的老朋友，捉迷藏似的，促狭地对他说了声"嗨！"要知道，几乎每次开会，他都要靠这位老朋友来提神。就是这股味道阻止了他的动作，这味道对他而言，散发着衰老、不支、无奈……

他卷着那个领导送他的一幅字回家了。他老婆展开一看——"厚德载物"，字圆头圆脑的，倒有几分像主人。老婆乐了，表扬他："做得好。我堂哥说了，过段时间就开始运作。这个人管辖的部门正好退了个副职，你今天晚上等于向这个人表了态度，取得良好印象，将来就好说话了。"

他苦笑了一下，陷入沙发中，久久说不出一句话来。

这一夜，苏珊竟然睡得很沉，像一个长途跋涉的旅行者回到自己熟悉的床上。清晨，睁开眼睛，见丈夫宋谦趴在她的枕边，像做了一个成功的实验般开心。

"嘿，你别说，这宝贝还真管用！把你的失眠治好了，你整晚睡得像猪。"

顺着宋谦的手望过去，就看到床边多了只小斗柜，样式古旧笨重，可以称得上丑了。苏珊皱了皱眉，正要开口，宋谦又抢先说："你别看这东西丑，老贵了，我托朋友在海南千辛万苦收来的，真正的老紫檀木。你闻闻，是不是有股异香？"

苏珊将信将疑，把头凑近了去，果然闻到一股异香，的确有点儿像紫檀的味道。

宋谦又得意地说："昨天，你回来得晚，我故意不告诉你，谁想到你果然没失眠，真是物有所值。你知道吗？真正的老紫檀里散发着一种木氧，可以起到镇静安神的作用，帮助睡眠……"

宋谦还在表功，叨叨个不停。

这个时候，苏珊仿佛灵魂出窍，回忆起了自己少女初潮的那一次，又惊又喜着跑去找妈妈。她发现，原来中年的征兆是跟初潮一样，来了，自然有其难以言状的表现。苏珊切实地感受到——中年，来了！

白月光 |

今天晚上的月光仿佛漂白过了，徐惠玲奇怪地望着阳台上的那些芦荟、昙花、剑兰，还有那些被她顺手种在花盆里的几根瘦瘦的小葱。这些经她手浇灌成长的植物，竟然染上了月光，绿色变成了白色。

要不是徐惠玲不时地从卧室里出来，不时用撑衣竿将头顶上那件轻飘飘的衣裳取下来，不时用手细细地去测量着它是否晾干了，徐惠玲是不可能逮着这奇怪的夜晚的。徐惠玲以为自己的眼睛又出问题了。这段时间，她睡眠严重不足，眼睛过度疲劳，所以有的时候看东西会重影，严重的时候，看到的这个东西和那个东西还会粘连。比如说，在街上，她先看到一个人，随之看到一辆车，一晃，那个人竟然还留在她的视线里，贴在了那辆车边，吓得她出了一身冷汗。起先，徐惠玲还以为自己年纪大了，脑子迟钝了，看东西也拖泥带水起来了。徐惠玲跟女儿鲁珊说起，鲁珊笑她，疑心病又发作了，难道眼睛是DVD，还会放电影不成？后来，徐惠玲自己去看医生，医生说她视网膜出了问题，用了一堆医学术语来解释徐惠玲的眼睛。可徐惠玲哪里能明白，她只知道医生要她务必多休息，多闭目养神，吃些活血化瘀的中药。徐惠玲苦笑着对医生说，差不多四年了，我都没睡过一个囫囵觉。睡着睡着，中途好像就被人叫醒了，像坐长途汽车一样辛苦。医生说，你是神经衰弱，凡事别想太多。徐惠玲想跟医生说，她丈夫死了四年了，她一个人睡还是不习惯，睡不好。不过，后来徐惠玲还是忍住了，多羞家的理由啊。

无论怎么揉眼睛，怎么将眼睛闭上休息好一阵再睁开，徐惠玲还是看到了白色的月光。这月光让她心慌慌的。整个晚上，她多次穿梭于卧室与阳台，不仅是为了看那诡异的白月光，更重要的是要看那件睡觉前刚洗好晾起的衣裳。这件丝绸衣裳，徐惠玲已经多年没穿过了。这是当年他们家境阔气的时候，还是20世纪80年代末期，鲁光华一个生意上的朋友从香港给她带回来的法国货。第一眼看到这件衣服的时候，徐惠玲整个心里都亮堂了起来。浅灰的底色上嵌满了星星点点紫色的碎花，就好像梦嵌进了那个颜色单一的年代。拿到手上，整件衣服轻飘飘的更像一场梦了。这件法国衣裳穿在徐惠玲身上，紫色的碎花将徐惠玲白皙的皮肤染上了一层浅红的晕。鲁光华每次看到徐惠玲穿上这件衣服，就会激动地爱她。在穿着这件衣裳的好时光里，她飘飘然，几乎忘记了很多事情，忘记了夏路生，忘记了家乡，甚至忘记了她不曾爱过鲁光华，认为鲁光华就是她这辈子最合适的那个男人，就像这件不期而遇的衣裳一样。

唉，那的确是一段好光景啊。连女儿鲁珊都晓得长叹一口气，年纪轻轻，就学会叹气了。鲁珊每当在卖场受气了，回家总是要跟她这个妈妈叹气。她说那些有钱的妇女真是嚣张，试衣服的霸道样子看着就让人生气。有一次，一个女人好不容易试好了，新货给她取出来，开好票，包装好了，忽然那女人接到一个电话，就开始花枝乱颤地边通话边笑，聊得一投入，就抬腿走出卖场，连正眼也不看鲁珊一眼，白让鲁珊伺候半天。遇到类似的这些事情，鲁珊都会回来跟徐惠玲抱怨——有钱真的就是大了！我记得从前喜欢穿牛仔裤，主要是喜欢口袋多。一条裤子，四只口袋，每只都塞满了厚厚一沓钱。那个时候，前后四周都有跟着自己的同学，跟公主一样。嘿嘿，你以为我长得真像公主啊？还不是因为有钱？唉……叹气真的是会传染，像打哈欠一样。鲁珊一抱怨一叹气，徐惠玲也跟着叹气。鲁光华四年前没了，她们娘儿俩就在这个城市，紧巴巴地相依为命过日子。

徐惠玲觉得挺对不起鲁珊的。因为她在暗地里始终觉得鲁珊是缺教养的，不仅没有学好文化，也没学好做人。算起来，鲁珊的成长期正值改革开放大好形势，也是徐惠玲和鲁光华事业如火如荼的时候，他们主要精力都在钻研生意经，把时间都用在数钞票上了，似乎还没来得及教，鲁珊就长成这样了——要文化没文化，要涵养没涵养。鲁家破产以后，鲁珊晃悠到现在还没找到一份好职业，就在商场帮人卖卖服装、卖卖化妆品什么的。退一步来说，女人没有好职业，有好相貌找个好人家嫁了也不错。可偏偏徐惠玲将鲁珊生得长相平庸，一点都不像自己。这更增添了徐惠玲对鲁珊的内疚。在老家，有个迷信说法，如果夫妻感情好的话，生下的孩子一定会好看。徐惠玲跟鲁光华结婚的时候，他们两个要感情没感情，要钱财没钱财。要是等鲁光华发迹之后再生鲁珊，徐惠玲相信，鲁珊一定长得比现在好看十倍。唉，谁说不是命呢！都是算不准的，就好像那段好光景，一不小心就没了。

徐惠玲很有耐心地将那件衣裳分前面、背后地对着月光换角度晾，仿佛慢火煎着一条金鲳鱼。当年，跟鲁光华做成衣进出口生意的朋友告诉徐惠玲一个秘诀，丝绸要在月亮下晾干才不会走样。因为丝绸是阴的，阳光是硬的，月光是软的，在月光下晾干的丝绸，不仅颜色不会褪，质地也不会受伤。不知道为什么，多年来，徐惠玲都坚信这个朋友的话，总是在月光下晾这件衣服，仿佛这衣服就是她的发肤，需要月光这样的营养素来滋养。所以，尽管过去二十年了，这件法国丝绸衣裳，色泽、质地、形状，都如当年的模样，仿佛那段好光景被文进了衣裳里，肌理清晰、记忆犹新。

20世纪80年代，在全国人绝大多数还在贫困线上挣扎的时候，鲁家就过上了富裕的生活。

徐惠玲和鲁光华生活在一个沿海城市。这里的人沾了大海的光，海运一开闸，就嗅着海岸对面吹来的风，一窝蜂地做起了进出口外贸生意。有一天，鲁光华无意中听一位跑船的海员回来说，香港那边特别欢迎内地的珠花、刺绣，一件饰品一转手到国外就十倍十倍地赚回来，据说连香港都有很多贫民到工厂排队去领料加工，维持生计一点问题都没有。鲁光华听到后跑回家跟徐惠玲商量。徐惠玲的手绣活在老家可是出了名的好。那时候，刚生完小孩的她在家也没事可做，就接了几单刺绣加工活，权当打发时光。没想到，厂家就认准了徐惠玲的手工，非要请她到厂里来给新人当师傅。的确，徐惠玲的手工是一流的，经她手加工的活，无论做刺绣还是做珠花，从没出现过返工事故。她钉的珠花，姿态生动，如一个华丽而不庸俗的阔太太；她绣的鸳鸯，仿佛活的一样，无论被压在哪个角落，都会游到质检员的视线里，所以，徐惠玲加工过的东西，屡屡被抽出来当下一批货的样板。就这样，徐惠玲就成了工厂的师傅，带出了一批批女工。不久，鲁光华和徐惠玲合计着，与其为他人作嫁衣裳，不如自己当老板，肥水不流外人田。于是，他们办起了一个小型加工作坊。

在成为小老板之前，鲁光华只是机械厂的一名技术人员，旱涝保收，无惊无险。自从办起加工厂之后，鲁光华的生意潜能似乎一下子被激发出来，生意越做越大，用他常挂在嘴边的话就是——产品远销东南亚，主攻"亚洲四小龙"。鲁珊还在学讲话的时候，最开始发声的除了"爸爸""妈妈"之外，就是"亚、洲、四、小、龙"。每当听到鲁珊含糊地发出这五个字的声音后，鲁光华就会兴奋地抓起女儿的两只小手臂，将女儿旋转起来，玩"坐飞机"的游戏。转到大人小孩都发晕了，鲁光华才抱着女儿坐下，一边响亮地亲着一边自豪地说："等我们小珊珊长大了，爸爸妈妈就带你坐真飞机游遍'亚洲四小龙'。不，不仅游'亚洲四小龙'，还要把全世界都游遍，呜呜，飞喽，飞喽……"徐惠玲笑鲁光华，这"呜呜"的叫声，

187

怎么听着像轮船汽笛的声音？那个时候，他们只在电视上看到过飞机，谁知道飞机是怎么叫啊。鲁光华也笑了，嘿嘿，轮船叫怎么啦？我觉得这个世界上最好听的就是轮船的叫声，只要轮船一叫，我们的货就出去了，钱就进来啦！说着，放下鲁珊就跑过去搂住徐惠玲，似乎只有在这个时候，他和徐惠玲的激动才是一致的。是的，对白手起家的这两口子来说，金钱的积累不仅仅意味着脱离贫困，还是感情的积累。经济是这个家庭牢固的唯一保障。鲁光华和徐惠玲各自心里再清楚不过了。

鲁光华娶到徐惠玲，家乡人都说是鲁光华"捡到的"，意思就是，白得的福气。鲁光华承认。从某种意义上，鲁光华真是感激夏路生，与其说感激夏路生，不如说感激政府。那个年代，"华侨成分"是一个"株连九族"的大问题。夏路生大学毕业因为父亲是华侨而被支边。如果夏路生不支边就一定会娶徐惠玲，如果夏路生娶了徐惠玲，就没他鲁光华什么事啦，既没带着徐惠玲离开家乡到这个沿海城市生活的打算，也没有跟徐惠玲一起办厂赚大钱的如梦如幻般飘飘然的幸福生活了。鲁光华知道，夏路生还经常出现在徐惠玲的心里，就好像对面的海岸线一样，随着天气的阴晴，时而消失，时而浮现。不，不仅是在心里，夏路生还偶尔在徐惠玲的生活里出现，鲁光华也见过，那是少有几次返乡探亲碰到的，他和徐惠玲带着鲁珊，夏路生带着他的太太和一个男孩、一个女孩。徐惠玲让鲁珊叫男孩弟弟，叫女孩姐姐。所以，鲁珊从记事开始，就知道在遥远的海南岛，住着叔叔阿姨和姐姐弟弟。长到懂事了，鲁珊还知道那个叔叔跟妈妈是同乡，当年妈妈在农村生活很困难的时候，那个叔叔偷偷把藏起来的金首饰塞到妈妈的饭盒里，帮了妈妈一家很大的忙。

有一年过年，徐惠玲一家遇见夏路生一家也回去给爷爷迁坟。那年冬天，出奇地冷，在村口，夏路生只是跟徐惠玲寒暄了几句，好像那些话，一出口，就被白色的寒气给冻凝了。徐惠玲留意了一下那个妻子，漂亮倒是漂亮，就是太瘦了，很沉默寡言的样子。同样，夏路生也变得很沉默寡言。要知道，从前的夏路生可不是这个样子。徐惠玲喜欢听他讲话，喜欢他读书多，知识丰富，更喜欢他写得一手漂亮的字。他们谈恋爱的时候，夏路生还手把手教徐惠玲写字，练习写双方的名字。到现在，他们两个人的名字，各自写起来都惊人地相似。当时，徐惠玲以为夏路生见到自己尴尬，不好多说话。没想到，年还没过完，夏路生一家就悄悄地离开了。听乡里的人说，他跟自己的兄弟吵了起来，因为迁坟需要的经费，夏路生拿不出来，答应回去以后攒够了再寄过来。他的兄弟死活不相信，整个家族，他夏路生读书最多，这么点钱都拿不出手？哪里有这个道理？他们一致认为他小气，不愿掏钱。夏路生一家在年初四的晚上，没等天亮就离开了。徐惠玲听说之后，又难过又生气。她想都没多想，直接跑到夏路生家里，很严肃地指责夏家兄弟："现在哪里没有穷人？夏路生为什么要在祖宗面前装穷，就为了区区那点小钱？难道他不要脸皮？"说完，掏出一卷钱，拍到夏家大堂的桌面上，拍得响响的。

过完年，徐惠玲一家离开村庄。一路上，她很少有地挽着鲁光华的胳膊，挽得紧紧的。鲁光华问她哪里不舒服？她没有说话，一直走到整个村庄都几乎望不到了，她才说，路太滑，不好走，怕摔跤。鲁光华心里一热，胳膊紧了一下，夹住了徐惠玲的手，嘴巴上却说，哈，从小在这里长大，居然不懂走山路？徐惠玲的眼里忽然被一些潮湿的东西迷糊了。就在那条挽着鲁光华走完的山路上，她决定了，要给夏路生寄些接济的东西。

头一回给夏路生寄包裹，徐惠玲心里七上八下的。直到一个月后，徐惠玲终于收到了夏路生的来信。严格说来，是夏路生和他的妻子合写的一封信——从信封那熟悉的笔迹来看是夏路生写的，而从信纸的笔迹来却看是夏路生妻子写的，当然，落款是夏路生。徐惠玲心里复杂得很。想当年夏路生被支边海南岛，她在家乡一直等他，却等到的是他跟当地一个女人结婚的消息。为此，她在心里还恨过他，当然也包括恨他的妻子。现在，夏路生和他的妻子用这样的方式将徐惠玲寄去的包裹收下了，不知道为什么，徐惠玲心里反而酸酸的。然而，酸归酸，她的这个包裹就一直放不下了。

徐惠玲给夏路生一家邮寄衣物的时候，总会跟鲁光华唠叨夏路生当年在自己饭盒里偷放金首饰的事情。她说，那可是从虎口里送出来的东西啊，"造反派"要是知道，夏路生将抄家时藏在炉灶底下的那些金首饰救济她们家，那可不是游街那么简单啊，非斗死不可！鲁光华，你不记得了？我们村那个阿仙妈，因为收到几封偷渡到印尼做工的老公的信，活活被斗死了。你难道不记得了？啊？

说实在的，对那个什么阿仙妈，鲁光华印象有限。那个时候，乱糟糟的，遭殃的家庭很多，哪里记得那么多？不过，他还是敷衍着徐惠玲，装着很严肃地回应她说："可不是，发现了还得了，还能活到海南岛去？"

徐惠玲跟鲁光华强调了好多遍，说夏路生是自己的恩人。鲁光华不去多想，一来工厂的事忙都忙不过来，哪里还有闲心去吃那个陈年老醋？二来听徐惠玲说，夏路生在海南岛混得很差，一份工资养活四口人，就算他鲁光华肯，徐惠玲也肯定不愿意找回夏路生的，眼下的好生活难道徐惠玲舍得？鲁光华放一万个心。所以，只要徐惠玲给夏路生一家寄些旧衣物和营养品，他都表现积极，往往会在某件小孩子衣服的口袋里塞点压岁钱，弄得徐惠玲感动死了。

就这样，鲁家和夏家的联系从 20 世纪 80 年代末开始，将近十年的时间，鲁家每寄去一个包裹，夏家就回复一封简信，一来一往，并无多余枝节。后来，鲁光华被生意伙伴骗了，破产了，泥菩萨过河自身难保，徐惠玲也顾不上夏家了，夏家跟鲁家的联系也就自然中断。

要不是去年徐惠玲带着女儿返乡偶然遇到夏路生，也许他们两个真的就如岁月的衣襟上蹭起的两颗绒球，一扯，抖落两地再见不着了。

　　说起来，鲁光华没了之后，徐惠玲就很少回家乡了，父母已不健在，自己境遇不好，回去也没意思。去年，徐惠玲的哥哥患了重病，务必要她回家一趟。徐惠玲明白，那是为了商量祖屋分配问题。徐惠玲压根儿没想过要，更没想过能分到些什么。她是女儿，嫁人了，穷也好富也好，那是自己的造化。她回家，主要是为了女儿鲁珊。徐惠玲私下里有个想法，鲁珊快三十了，辛辛苦苦也只能混口饭吃，还不如回家乡做点小买卖，找个人嫁掉。家乡这几年发展不错，开发了旅游景点，鲁珊回来做点游客生意，过过小日子也轻松。

　　刚一回去，徐惠玲就听大嫂说，夏路生一家也回来了。这次回来是要给祖屋翻新装修，所有费用他一个人全包了。

　　"他是阔了才回来的，看来，也不是个忘本的人哪。"大嫂叹着气看了看徐惠玲的脸。

　　徐惠玲脸上表情平淡，内心却像打翻了一大缸咸酸菜。夏路生阔了。她太知道一个人阔了以后的生活状态，也太知道一个人阔了以后，旁人对他近乎崇拜地拥戴。想当初，鲁光华带着他们回家乡，随身背着一个大包，里边装着很多红包，想给谁给谁。那会儿，真是钱烧的啊，显显摆摆的，阔得如沸锅里的响水。话说起来，真的是风水轮流转，轮到夏路生阔了。

　　一个中午，夏路生领着一家人来看徐惠玲的哥哥，与其说是看望徐惠玲的哥哥，不如说是来看望徐惠玲。从那一家四口穿戴得正正式式、精精神神的样子来看，是做了一番准备的。徐惠玲话不多，倒是鲁珊，跟个外交部发言人一样，夏路生问什么，鲁珊就回答什么，极尽详细，并且，叔叔阿姨姐姐弟弟，喊得亲热，让人联想到她在卖场向客人兜售货品。

　　阔了的夏路生仿佛又恢复了年轻时候的那种神采飞扬，几次逗得在座人忍俊不禁。每当这个时候，徐惠玲总是抿着嘴，看着人们，似笑非笑。后来她发现，夏路生的妻子也跟她一样，抿着嘴，似笑非笑，不同的是，她总用一种眼光瞧着夏路生，那眼光里，明白地流露出了自豪和欢喜。看到这样的眼光，徐惠玲就会顺着这眼光一直寻到夏路生的身上。没错，优秀的夏路生依然是优秀的，无论命运怎样沉沉浮浮，他最终都咸鱼翻身。鲁光华却不行，一个大浪过来，就把他打翻打蒙了，从此再起不来。这样想着，徐惠玲心里暗暗地叹了一口长气，她都能感觉到那口气，从心肺一直升腾到了自己的天灵盖，冲破了这屋顶，随着那户外的袅袅炊烟一起，委委屈屈地荡啊荡啊，荡得徐惠玲魂都不在此处了。她恍惚地跟夏路生一家应酬着，恍惚地看着夏路生跟大嫂推让着塞给大哥的一沓钱，恍惚地用手攀着夏路生乖巧的小女儿的肩膀送他们出门……

送完客洗茶杯的时候，徐惠玲忽然想起了什么，问鲁珊："夏叔叔有没有问我过得怎么样？"

鲁珊想都没想，很烦躁地冲徐惠玲吼一句："还用问吗？瞎子才看不出咱家穷！"

鲁珊将杯子一推，甩甩手上的水，跑开了。

傍晚，徐惠玲走在家乡的青石板路上。这种石板路，从小到大都没怎么改变，现在更是成了旅游观光的一大风景。好在是旅游淡季，人不多，徐惠玲一个人可以安静地沿着青石板路，一直走到湘子湖。走到湘子湖要经过很多弄堂，其中有一条叫"求恕里"，名字很沉重。小时候，徐惠玲一直对这条神秘的弄堂很好奇，也很害怕，每每走过都要加快步伐，逃跑似的。后来，听说这条弄堂是很久以前，专门建给那些寡妇住的。他们认为，男人比女人先死了，必定是女人的八字太硬，把男人克死了。所以，住到求恕里的女人，死了以后才可以得到男人的宽恕，得以在黄泉之下团聚。徐惠玲年轻的时候从不相信八字这一说，今天偶然走到求恕里，忽地心里

192

感伤得不得了。她觉得鲁光华先自己而去，多少也跟自己有关系。鲁光华娶自己，不光八字不合，感情更是不合。她太不够爱他，太没有尽过一个妻子的义务了，她太应该被关进这求恕里闭门思过了。就这样，徐惠玲站在求恕里的牌坊下，想着往事，泪水婆娑。

那一次返乡，徐惠玲没住几天，事情也没办，更没再见夏路生，她逃跑似的离开了村庄。坐上车没多久，鲁珊就把头靠在了徐惠玲的肩膀上。她闻到鲁珊身上喷了很难闻的香水，浓浓的，近乎刺鼻，刚要问鲁珊喷的什么香水，鲁珊却开口了："妈妈，你说，是先穷后富好，还是先富后穷好？"徐惠玲愣了，看了看鲁珊，一句话也答不上。鲁珊好像一点也不想得到答案，目光呆滞地望着车窗前方那些即将经过的公路……


再见到夏路生，就是徐惠玲看到白月光的第二天。

"吃顿家宴。"夏路生在电话里是这么约徐惠玲的。不知道夏路生从哪里找到了她家的电话，大概是她大嫂告诉他的。当她接到一个电话，电话里传来一个陌生男人的声音，直呼她的名字——"惠玲？是惠玲吗？"的时候，她一点也没将这声音跟夏路生联系起来。等到她弄明白对方是谁，并且将这声音跟那个人终于合成起来的时候，夏路生已经告诉她，他们一家去香港旅游，经过这个城市，住下了，在海湾酒店，希望明天晚上能约她和女儿出来见见，吃顿家宴。

一整天，徐惠玲什么也做不成。她长时间地坐在窗边，远远地张望着那片若干年前自从搬到这里来就一直在那个位置的老海。那老海进入徐惠玲的眼里，已经不再是波澜壮阔、气势磅礴，而是一根白线，软绵绵的，就像徐惠玲做刺绣活。在箍得紧绷的布面上，一针一针地将线行走上去，布是紧的，线是软的，行到之处，毫不含糊地一拉，便是针脚密实，所绣成的图案才得以精致逼真。那老海，仿佛穿进了一根绣花针里，一行行地绣进了徐惠玲紧张的内心，形成了一幅幅凌乱而逼真的图景，一会儿出现夏路生和他的妻儿，一会出现鲁珊，还会出现鲁光华，总之，乱得徐惠玲心里发麻。临睡前，徐惠玲翻出那件法国丝绸衣裳，在月光下晾了起来。

徐惠玲是穿着那件法国丝绸衣裳去赴夏路生的家宴的。"美得像十八岁！"鲁珊仿佛心情好得不得了，连连夸赞徐惠玲，言不由衷地夸奖起徐惠玲的皮肤、身材和气质，顺带连那件衣裳也乱夸了一通。

徐惠玲不明白鲁珊为什么会那么高兴。现在，她已经完全了解到夏路生跟她妈妈徐惠玲过去的关系了，拿她的话来说就是——初恋情人。鲁珊说，跟初恋情人见面，当然要打扮得美美的，否则会输得很惨的！

"什么初恋情人？都老皇历啦，什么输不输赢不赢的，别乱说话！"面对这个口无遮拦的女儿，徐惠玲好气又好笑。

"本来就是嘛。妈，我给你喷点香水，丝绸从来就离不开香水，是神秘搭档！"说着，鲁珊真的要把香水喷到徐惠玲身上。徐惠玲想起那次闻到鲁珊身上那股刺鼻的味道，不禁害怕地躲开了。鲁珊却不依不饶，一直追着徐惠玲。两母女，像捉迷藏一样玩了起来。最后，徐惠玲笑着将鲁珊抱在怀里，无力地向鲁珊求饶。从徐惠玲这个角度看过去，鲁珊翘翘的稍微朝天的鼻子，长得跟鲁光华像极了。

徐惠玲怜惜地捏了捏鲁珊的脸，说："要不是你爸爸去得早，我们家一定也会东山再起。你要知道，你的爸爸是多么能吃苦的一个人啊。"鲁光华生前，大概也从没有听到过这样赞美他的话。其实，徐惠玲从来就没有赞美过鲁光华。

"能吃苦有什么用？这年头，吃不吃苦已经不重要了，关键要看机遇，还有就是门道。"鲁珊躺在徐惠玲的怀里，正儿八经地教育起她的妈妈来。

"怎么会没有用呢？吃得苦中苦，方为人上人，古话都有说。"徐惠玲皱了皱眉。

"有的人一出生就含着金钥匙，有的人不吃苦就能成为人上人，难道你不知道？"鲁珊觉得妈妈又要"老三篇"地教育她了，忙拨开徐惠玲的手，从她怀里挣脱了。

唉。徐惠玲叹了口气，说的也是，要是现在鲁珊还生活在鲁家那段好光景，起码可以少奋斗十年二十年，也不至于那么无助。她的内心又升起了那股内疚和歉意。

"家宴"设在海湾酒店一楼，潮声房。小姐把徐惠玲母女从大堂门口一直带到了房间。

门一开，徐惠玲就看到了正对着门口坐的夏路生。他一看到徐惠玲，条件反射似的，立刻站了起来。他一站起来，屋子里的人也都站了起来。

徐惠玲已经很久没有在这样的饭局里，受到这种贵宾的待遇了。她有点受惊吓，往后退了一步。背后的鲁珊及时用手在她的脊梁上轻轻推了一下。徐惠玲定了定神，脸上堆起了笑，才向前走了过去。

一切都是准备好了的。夏路生和夏太太紧挨着坐，每个人的身边都分别留着两个位置。就好像完成一幅拼图游戏一样，伴随着相互之间的寒暄，夏路生将徐惠玲安排到了自己身边，将鲁珊安排到了夏太太身边。

徐惠玲一坐下来，夏路生一家人才也落了座。

徐惠玲本能地先是看了看与自己隔开的鲁珊，只见鲁珊正好也用眼睛瞅着自己。那眼神虽然没什么内容，但是却很熟悉，熟悉得让她想起了鲁光华。徐惠玲眼睛里有那么一刹那，现出了鲁光华的人，坐在鲁珊的位置上，那么真实，真实得让她不由自主地用手揉了揉眼睛。

"惠玲阿姨真是一点没变，总是那么漂亮。"就在这个时候，夏路生的女儿乖巧地说。

"吁，还漂亮，都老太婆了。你才漂亮哪，又斯文，又大方。"徐惠玲的夸赞溢于言表。夏路生的女儿是长得挺漂亮的，集合了夏路生夫妇的优点。

"别夸她啦，等会这船都要翻了！"夏路生把话接了过去。

船？

看到徐惠玲疑惑的样子，夏路生细心地向徐惠玲解释。你没看出来啊？这个包间就是一艘船。你看你看，这里是船头，那里是船舱，那边是船尾。喏，这里有桅杆，顶上有帆……

随着夏路生的指点，徐惠玲真的看到了一艘船。从门口开始，横贯整个包间，背景音乐正是那隐约可辨的海浪声。人声一住，潮声就涨起来了。

真的，真的像一艘船。鲁珊很新鲜地站了起来，到处搜了搜，看到墙上一顶船长帽，还调皮地将它取下来戴在头上。你看，我这个样子，帅吧？啊？

众人不禁笑。

鲁珊这个丫头，从小就有"人来疯"的表现。成为焦点，更得意了，她索性戴着帽子，还将一只海洋望远镜拿起来，朝每个人"扫射"过来，一边"扫射"一边还即兴解说："长江一号，长江一号，发现可疑人物。正前方目标是一个帅大叔，从样子看来是一位海归派，只见他身材魁梧，面相英俊，一定是个有钱有势的'万人迷'。在他的旁边，是一位贵妇人，有着波斯血统的大美人，估计是'万人迷'的太太。她的出现将会使全世界女人都嫉妒……注意，注意，我还发现到，在我的前方四十五度，还有一个美女。呀，她怎么看起来那么眼熟，怎么那么像我，哦，原来她是我老妈……"

鲁珊这么一闹，整桌人都沸腾起来了。尤其是夏路生，他笑得很激动，身边的徐惠玲都能感觉到他身体在颤抖。

惠玲，你养了个这么好玩的女儿，真是有福气。夏太太拿起手边的毛巾，边说边整理了一下眼角的笑纹。

"她就跟傻大姐一样，从小就没什么心机的。"徐惠玲用爱怜的目光看了看鲁珊。这会儿，鲁珊停止了解说，只是把头凑到夏路生儿子的跟前，一直问，弟弟，你看，我是不是跟你一样帅？夏路生那儿子，一看就是书读得很好，一本正经、品学兼优的有为青年，年纪轻轻就在一个外企里当部门主管。他把鲁珊的帽子摘了，戴在自己头上，端的就像一个英明神武的船长。

哈哈，这才是名正言顺的船长嘛。你呀，充其量也就是个海盗。夏路生的儿子趁机调侃了鲁珊一把。

众人又笑了。

鲁珊装作快快地走回了座位。一回到座位，她的神情又很快恢复了原样。不知怎么回事，徐惠玲有一种被蚂蚁咬了一口的感觉，不为人知的某种肉痛，指不出那个部位，更不明是怎样的牙齿，就那么一口，肉痛就暗沉了下来。

第一杯酒是夏路生开的头。他的第一杯酒就给今天晚上所有的酒都定下了味道。夏路生毕竟是60年代的大学生，做派依旧传统。他穿着整齐的西装，打着领带，端着一杯洋酒，一站起来，顺顺嗓子就发话了。他一发话，这家宴就带有那么一点商务的正规了。

"今天晚上，我们夏家要给惠玲阿姨一家敬酒，感谢惠玲阿姨，在过去那么艰难的时候帮助了我们一家。惠玲阿姨是我们家的恩人啊！这第一杯酒，我干了，孩子们，接下来，你们每一杯酒都得干！"说完，俯下身来，对着徐惠玲的酒杯碰了一碰，猛地一仰脖，酒居然直接就倒进了喉管。

徐惠玲第一次看到人是这样喝酒的。那酒似乎鼓足了劲，海浪一样冲向喉咙，不仅不沾唇不沾齿，更别说在嘴巴里停留了。

徐惠玲有那么一刻被夏路生这种喝酒的方法给唬住了。

看起来，夏家的人都习惯了夏路生这种怪异的喝酒方法，一点也没表现出异样，倒是看到徐惠玲迟迟不动杯子，也没反应，都奇怪了。

惠玲，你就意思一下，接受我们全家的谢意吧。夏太太轻轻地隔着夏路生把话递了过去。

徐惠玲这才醒过来，她不知所措地端起酒杯，看了看夏太太，然后看看夏路生。夏路生也正在瞧着徐惠玲呢，那眼神里有一种感情，是要盖起来又弥彰的。如果要给这些感情下一个定义，那也是明白的，是老朋友的感情。

徐惠玲舔了舔唇，好像已经尝到了酒的烈。

嗳，什么恩人不恩人，要说恩人，你们爸爸才是我们家的恩人呢。徐惠玲举着酒杯，给夏家的一儿一女说起来，那个被自己念叨了好多遍的饭盒里塞金首饰的故事。

话题就这样被徐惠玲牵了过去。仿佛一艘船掉了个头，往过去开走了。

一段时间里，徐惠玲跟前的酒杯，一滴都没少过。那些陈年往事，徐惠玲很久都不再提啦，有什么好提的？可夏路生却仿佛特别醉心于往事，他跟太太、孩子们一同回忆起了往事。当然，听起来，他们的往事也仅仅是从海南岛的受苦开始。一家四口住在一间十平方米的小房子里，一段香肠四口人一人一口轮着吃。诸如这些穷经历，谁想到什么就说什么，也没什么逻辑的。

在忆苦思甜期间，夏路生的酒杯让服务生添了好几回。后来，他嫌太麻烦了，干脆就把酒瓶放到自己手边，自己给自己添酒。到底，他跟谁喝掉的那些酒，谁也没去留意。徐惠玲记得除了鲁珊和那一儿一女给他敬过一次酒之外，就没再看到有谁给他敬酒了。

这洋酒给夏家仿佛开了一条路，在这条路上，他们一家四口，手牵手，肩并肩地走着。而徐惠玲和鲁珊仅仅是过路的，偶尔搭一两句话。

在一个话语缝隙，徐惠玲感慨地叹了一口气，终于端着酒，第一次站了起来，她要给夏家敬酒了。

我敬你们一家，听你们这一路说来，真不容易哪！她将那杯酒朝每个人的方向抬了几次。

都不容易，都不容易！夏路生仿佛谦虚地推让着什么，又仿佛想起了今晚喝酒的主题，忙将话题带了回来。还是要感谢惠玲，来，感谢，感谢，你们都过来敬敬惠玲阿姨。说毕，又是一仰脖子，让那金黄色的"海浪"扑向了看不见的"礁石"深处。

夏家的一儿一女走到了徐惠玲的身边。本来徐惠玲只想抿一小口，表示一下对夏家的敬意的，在夏家一儿一女的围攻下，她连续喝了两杯。

酒一吞到肚子里，徐惠玲就龇牙咧嘴起来。鲁珊笑她，妈妈，这酒好贵的，给你这样一喝，都成农药了。

于是，桌上又是一阵笑。

轮到夏太太站起来给徐惠玲敬酒了。她站得很得体，身上穿着那条香云纱料子的改良款旗袍，一起身，各个细节都训练好了似的，纷纷到位，又好像那一排紧密相连的琵琶扣一样，每个环节都精致不已。这女人又像一架竖琴，弹出了一支令人唏嘘的曲。

惠玲，真的是要感激你，那时候你给我们寄的包裹，那些写着我们家地址的白布，我一张一张地拆洗了，叠好，藏在衣橱里当作纪念，一直保存着。去年搬家的时候，我还拿出来数了数，整整有十五张哪……

这话徐惠玲听得极不好意思。还没想到怎么回答，只听到身边夏路生一声长叹，将酒杯端到嘴边，却没有一口倒进去，只是一点一点地啜着。

徐惠玲将自己的酒也端了起来，二话没讲，一大口喝光了。像比赛似的，夏太太也站着喝光了杯中酒。

席间有一阵冷落。偏偏这个时候，鲁珊开玩笑地跟夏家女儿说起了少年时代那件迪士尼的毛衣。她说："姐姐，你还记得那件毛衣吗？是别人从国外带回来的。那个时候，谁能得到正版的迪士尼啊？可惜我只穿了一个冬天，妈妈就一定要把它寄给你了，害得我为了那件毛衣哭了好几天呢，我印象可深刻了。那时候，我还恨过你呢，姐姐，哈哈！"

是吗？真不好意思，我罚酒！夏家女儿实在窘得不行，装作很豪迈地将酒喝了下去。

来，来，都敬酒，给你们惠玲阿姨敬酒。沉默半晌的夏路生，先给自己的酒杯倒上了半杯。看起来，夏路生喝得有点多了，酒的红色从他的脸到脖子一路红进了衣服里。徐惠玲还感觉到他倒酒的手也开始发抖了。

酒来酒挡。徐惠玲第一次发现，酒这种东西，还真的是能活络人的筋骨，舒展人的感情。她后来又连续喝下了几杯。喝到全身都发烫了，她就靠在椅背上，一个个地看过去。她产生了暖暖的感情，对这整齐的一家人，对这相识了几十年的所谓"世家"，对往事，甚至对这些生机盎然的年轻人。徐惠玲的心里热烘烘。有好多次听到夏路生一家称自己为"恩人"的时候，她甚至感觉飘飘然的，那种久违的优越感几度跟着这酒蹿上了头。

夏路生喝酒的确是吓人的，不仅喝酒的姿势吓人，而且他一杯接一杯地给自己倒酒，如入无人之境。尽管夏太太象征性地劝他少喝，每次都被他劝了回去。别的时间可以少喝，今天这样的日子，我可不能少喝，惠玲是谁啊？是我们的恩人啊……只要他一说到恩人这样的话，夏太太就噤声了。夏太太一噤声，夏路生就端起酒来敬徐惠玲，张口就喝。

最后的话题，几乎不能进入徐惠玲的脑子里。她在忙着跟她身体内的那些酒一起寻找出路呢。她只记得，夏路生的妻子找服务生拿了笔来，在一张菜单上写下了什么之后递给了鲁珊。

家宴结束的时候，徐惠玲只剩下了抬脚的力气，脚下软软的，晃晃地站了起来，仿佛真的身处一艘航海归来的大船上，靠岸了，人要下了，一个趔趄，又一个趔趄。

还没走下这艘"船"，夏路生的妻子手里拿着一个大信封，塞到了徐惠玲的手上。当徐惠玲意识到那是一包钱的时候，她不知道哪里来的力气，拼命地将信封塞了回去。塞了回去又被塞了过来，塞了过来她又塞回去，两人推推搡搡。徐惠玲感觉自己是使出了平生吃奶的力气……最终，她把信封一下子拍在饭桌上。她没想到自己用了那么大的力气，以致将桌上的一副刀叉给震下了地。

夏路生只好阻止了这两个女人的推让。一行人这才走出了酒店。

在酒店门口，鲁珊说要上趟厕所，夏路生陪着徐惠玲等。他低头看着徐惠玲，醉意很浓，话却很浅，对她说了些保重身体之类的话。但这些话，在同样微醺的徐惠玲听来，已经够得上最后一杯唇边烈酒的浓度了。她鼻子一酸，泪水就要冒出来，只得转过身去。转过去，徐惠玲看到了那片老海，在明月下，黑黢黢的，像一条蛇匍匐过来。


回到家，徐惠玲刚一打开灯，人就瘫软在客厅的沙发上。鲁珊艰难地坐在她对面的椅子上，两脚往前一伸，手分别从紧绷的牛仔裤两边口袋里费劲地挖出了两大沓钱，末了，又从后边两只口袋同样挖出了两大沓钱，将四沓钱会在一起，甩在茶几上。最后，长叹一口气，整个靠在了椅背上。

鲁珊竟然把那沓钱带了回来！

那钱是夏太太跟着鲁珊上厕所时塞给她的。

鲁珊目测了一下桌面那沓钱："该有两万吧，硌得我屁股一路难受回来，呵呵。"

徐惠玲沉着脸，无力开口。

"妈妈，没什么好推的，当初我们给他家那么些东西，就当现在连本带利还回来咯！"

徐惠玲继续没有声音。她觉得自己被绑架了，嘴巴被胶带粘了起来，手脚被绳索捆牢了，她懒得挣扎。

鲁珊看徐惠玲没反应，似乎放下了心，开始用手点那笔钱，一边点一边对徐惠玲说，夏太太还给留了电话号码，好几个呢，说随便打哪个都能找到她，以后有困难一定要找她！嘿嘿，有困难，找警察！鲁珊高兴地开起了玩笑。

仿佛一朵脱了线的绣花，被人可恶地从线头上一扯，一大朵花瞬间成了一堆凌乱的线。徐惠玲感觉整个人都散了。

入夜，徐惠玲小心地将那件法国丝绸衣裳用清水洗了，挂在月光底下。那衣裳无知无觉，经历了一天，被人穿了，又洗了，照旧还是原来那个样子，轻轻的，质地优良的，执着的，一点都不走样，甚至都不觉得时光在它身上照耀过。徐惠玲时而看看天上的月，时而看看那随着微风荡漾的衣裳。有那么一阵，她看到那衣裳竟然往月亮上飘飘飞去，如一个小人婀娜地走到月亮上。她当然不会相信这样的怪事，用手使劲地揉搓着两只眼睛，嘴里发出一阵嘟囔，这该死的眼睛，离谱了……

创作谈：面对时间的写作 |

小说中的时间，有如浩瀚银河中坠落的星光，有如表盘上卡顿、失控的秒针，有如在平行世界间单循的歌声，有如讲述者的一声叹息与沉默……时间是故事的起点也是终点，是小说的宇宙。我们经常讲，时代变迁与人物命运的跌宕起伏，相互造就、相互印证，而时代就是由一个个时间单位构成的。小说家就是用时间记录下了现实，并创造出了现实之外的可能性，以及人的可能性。

　　我记得很多年前看过一部影片，由十五位世界各国的导演，分别用十分钟时间，展现同一个主题：年华老去。这部影片就叫《十分钟，年华老去》。我到现在还记得当时观影的那种震动。十五位导演从不同角度，用不同手法，将时间压缩、变形、拖曳，在十分钟内展示了人的一生。这大概这只有艺术才能做得到吧。这部影片对我的短篇小说写作有很深的影响。譬如在写《昙花现》这个小说，我就直接使用了当下人们所熟悉的一种装置，就是我们看视频时习惯使用的进度条。在一个短篇里，呈现一个人埋藏于心底几十年的那份情感变化，如同在十分钟内展示年华老去，我需要将时间进行拖曳。写这个小说之前，我受到网络上一个视频的启发：有人将一朵昙花从含苞到盛开的过程，利用剪辑手段，一分钟时间，制造出了昙花绽放的节奏。那么快，但又并不使人感到匆促，反而有一种安静的时光流淌的美。我们常常用昙花一现来比喻光阴匆匆，因为它的花期实在太

204

短了，只有三五个小时。但即使再短暂，它也有自己的生命节奏，如同人在回忆中的时间也是有节奏的，那些难以释怀的、不能忘却的以及不可和解的记忆中，时间的节奏就会被无限拉长，甚至往返循环。这情形有点像我们视频底部的进度条，按照人的意愿，用手指可以在某些地方进行拖曳，划过一些什么，又反复停留在某些地方。我想用小说呈现一种记忆中的时间节奏，既漫长，又短暂，既跌宕，又宁静。

作家面对时间的书写，不仅是在温习过往、抵抗遗忘，更多的是在趋近未知，探索可能。生于"70"年代，未来这个时间概念，像一颗浪漫的种子，深埋在我的整个成长过程。那个时候，人们谈理想使用最多的一句话就是"奔向未来"，欢欣雀跃、心向往之。因为未来有太多的未知，人们与未来的距离充满了种种可能性的猜测，人们遥看银河，内心会浮起无数浪漫的遐想。历来，浪漫是作家叙事的一种精神动力，作家用虚构和想象去创造和呈现不确定性，去书写人类的情感、记忆以及思考，并借此赋予读者独特的精神馈赠。进入21世纪的今天，"未来"这个时间概念大多时候已经变成了一种状态的描述，在一些语境下更被默认为"科技""人工智能""生态""能源""危机"等等词语。在这些已知的或者预定的选项组合下，未来的未知性几乎丧失了它的浪漫色彩。信息化革命几乎取消了距离感，地球变"平"了。浪漫往往随着距离的破坏而逐渐弱化，"未来已来"，远方不再遥远，银河里没有神话。

一位十多年没过见面的朋友，忽然对别人说，他经常"看到"我，这简直太不可思议了。他所指的"看到"，其实是在朋友圈、微博这样的社交媒体里，不是与他面对面、握手、交谈的那个"你"，而是经由数字信息不断累加并转发的那个"她"，是一个被转引的人、虚拟的人。这感受暗合了韩炳哲在《他者的消失》一书里说到的："你"这个人称消失了。面对面被取消，数字化的交流让一切变得没有距离感，既感觉不到远，也感觉不到近。距离的消失并不等于人们彼此之间被拉近了，只是意味着人们对远和近这两个互为对立面的感受消失了。事实上，我们现在大多数的"看到"和"想到"，都是经由数字信息转引的虚拟物。虚拟物越来越多，文学的共情越来越艰难。但我始终坚信，这些距离并不是真的消失了，而是被折叠起来了。人们的情感体验尽管被数字钝化、被信息遮蔽，但文学是为数不多能重新打开折叠空间的有效手段，使人重新找回数字化秩序之外的心灵秩序。

曾经有一次经历让我很难忘。那是一个中秋之夜，我跟一群朋友到一个著名的旅游景点去看海上升明月。很多游客都在那里等月亮，不断用手机拍摄海景，然后迫不及待地发到朋友圈之类的社交媒体上，以期获得更多人的点赞，甚至头顶上还有无人机在直播。当圆月终于从海平线上升起的时候，跟我同行的一位老师忽然攀上一块礁石，高高地站在那里，面向大海，背诵起张若虚的那首《春江花月夜》。刚开始，多数人没在意他，身边有些人投来奇怪的眼神，直到他诵出那几句耳熟能详的诗句："江畔何人初见月，江月何年初照人，人生代代无穷已，江月年年望相似"的时候，他的声音仿佛制造出了一种魔力，游客纷纷聚拢过来、静默下来，倾听。宇宙无穷、月亮永恒、人生短暂，无论身处哪个时代的人，都能享受到这永恒的美景，何其令人慰藉，而在永恒的自然观照之下，属于个体的时间却又如此短暂，又何其令人惆怅。这些诗句将眼前这轮圆月从近处推远了，推向了无限的时间长河，又从远处拉近了，从游客的镜头中落到了心灵里。这一幕，让我至今想起都觉得感动。这是文学的魔力。

我喜欢小林一茶的俳句，面对匮乏生活依然饱含着浪漫怀想：


真美啊，
透过纸窗破洞，

看银河。

　　仰望遥远的银河，始终抱着无穷的遐想，天真浪漫，真美啊。文学就是俗世生活中的白月光，我想说，无论何时何地，有文学的未来，真美啊。
　　这本集子里的每一个故事，自有其时间的节奏。从某种意义上来说，它像我记忆影像底部的一根进度条，可以快进，也可以回放，但归根结底，它始终使人感受到时间这双无处不在的手。

**黄咏梅**

小说家，浙江财经大学人文与传播学院教授。

曾获鲁迅文学奖、《十月》文学奖、《钟山》文学奖、林斤澜优秀短篇小说家奖、汪曾祺文学奖、百花文学奖、丁玲文学奖等。

**代表作品**

《一本正经》
《给猫留门》
《走甜》
《小姐妹》
《档案》
……

有度文化

北岳好书

白月光

出品人｜董利斌　　选题策划｜左树涛　　责任编辑｜左树涛

复　审｜马　峻　　终　审｜刘文飞　　书籍设计｜张永文

印装监制｜郭　勇　　项目运营｜有度文化·刘文飞工作室

投稿邮箱｜liuwenfei0223@163.com

微　博｜http://weibo.com/liuwenfei0223　　微信公众号｜txsk2013_